De trigo y musgo

Título original: *Gari eta goroldiozko*

Pepitas de calabaza s. l.
Apartado de correos n.° 40
26080 Logroño (La Rioja, Spain)
pepitas@pepitas.net
www.pepitas.net

ISBN: 978-84-19689-39-9
Dep. legal: LR-285-2026

ETXEPARE EUSKAL INSTITUTUA

Liburu honen itzulpenak eta edizioak Etxepare Euskal Institutuaren dirulaguntza izan du.
La traducción y edición de este libro ha sido subvencionada por el Instituto Vasco Etxepare.

Primera edición, marzo de 2026

Anari Alberdi

De trigo y musgo

Traducido del euskera por la autora

Para Elvira, Joxemai «Txulo» y Jontxu

CUANDO SALÍ DEL CINE tenía seis llamadas perdidas. No conocía el número, pero sabía de quién eran.

Miraba el teléfono con medio cuerpo todavía inmerso en la ficción y el otro medio en la pantalla del móvil —que no es ni ficción ni realidad—, cuando el estruendo seco de una explosión me sacudió por dentro e hizo temblar las paredes de tímpanos, piedra y hormigón. La gran cristalera de la entrada sobrevivió a duras penas.

La estela y el eco de la explosión se esparcieron por las calles de la Parte Vieja. Luego quedó una calma que paralizó el tiempo y enmudeció aún más el silencio.

Con el estruendo aún dentro del cuerpo, reaccionamos. Intentamos salir del cine todos a la vez y, al tropezarnos con los que querían entrar para buscar refugio, se formó en la puerta una histeria sobreactuada, un caos de gritos y cuerpos.

Las luces azules de la policía iluminaban intermitentemente los árboles y los edificios, y las cintas de plástico rojas y blancas exageraban aún más la sensación de peligro de la zona acordonada.

Yo también estaba herida aquella tarde, aunque las heridas las traía ya de casa. Las televisiones y las radios locales habían anunciado hasta la hipérbole la alarma por oleaje y tormentas. Por esa razón, tal y como acostumbramos a hacer las personas de nuestra clase, decidí refugiarme en una sala de cine, y no solo de la ciclogénesis.

Otra ola enorme se levantó y explotó contra el muro de contención que había a unos cincuenta metros de la salida del cine. Medio segundo le fue suficiente para aniquilar todos los cálculos y protocolos de la zona de riesgo acordonada. El mar se esparció a su antojo entre las calles, y la gente echó de nuevo a correr siguiendo el mismo mecanismo —también llamado *instinto de supervivencia*— que se activa para escapar de las bombas, de un depredador o de una galerna: el mecanismo que te lleva a salvarte a ti misma garantizando así la supervivencia de toda una especie, y no al revés.

HABÍA conseguido, al fin, salir del cine.

El viento soplaba fuerte y llovía desde todos los lados y en todas las direcciones. Cien metros más adelante, giré a mano derecha y desde allí seguí andando hacia el centro. Dos manzanas de casas fueron suficientes para ignorar el violento mar que intentaba traspasar los muros que protegían aquella hermosa ciudad.

Las luces recién encendidas de los escaparates, las farolas y los coches oscurecieron bruscamente la tarde. Los viandantes buscaban refugio en las esquinas de los edificios. Agazapados en sus ligeros abrigos y sus paraguas, avanzaban por las aceras exagerando un gesto de autodefensa contra el viento y la tormenta.

Estaban cerrando las tiendas. Un joven que esperaba junto a mí para cruzar la calle llevaba en una bolsa de color plata una carísima decepción que acababa de comprar.

Los autobuses, que se arrastraban sobres sus ruedas llenos de gente, parecían bestias cansadas con sus enormes y tristes ojos encendidos.

Decidí ir a casa andando. Tres calles y un cuarto de hora más adelante, se había abierto de nuevo el cielo como si el tiempo hubiera retrocedido tres horas o hubiese vuelto a amanecer, y una iluminación casi artificial alumbró la ciudad.

A lo lejos, alcanzaba a ver cómo las blancas olas seguían rompiendo contra el cielo negro.

Aunque todavía estábamos en otoño, el aire invernal de la tarde sorprendió a quienes, con el sol del mediodía, habían salido de casa ligeros de ropa. El cambio de estaciones es así; la siguiente estación nos envía siempre un adelanto: un bochornoso día de verano en primavera, una noche fría en agosto o el viento helado que encogía a la gente aquella tarde. También las mareas cada cierto tiempo lanzan una ola —una de cada siete— del tamaño de la siguiente tanda de olas. Una señal.

Y así cambia todo; las estaciones, la marea o toda tu vida: un gesto extraño, una pequeña mentira o la pequeña piedra que adelanta todo un desprendimiento.

Me toqué el teléfono que llevaba en el bolsillo y recordé la llamada que tenía pendiente. Protegida en el hueco que había entre los dos escaparates de una tienda recién cerrada por la crisis —o por las crisis—, abrí la lista de llamadas perdidas y llamé al primer número.

Una voz de hombre respondió como si estuviera regañándome. Sentí una punzada en el género. El viento de otro lugar soplaba entre las palabras de su voz ajada. No le escuchaba muy bien.

Le dije que nos lo pensaríamos y que le daría una respuesta, pero que no tuviera prisa.

Me puse los auriculares* y me envolvió la voz de Nick Cave. Seguí caminando junto a la ría entre dos hileras de edificios hermosos. El mar estaba bravo; embestía contra los puentes que cruzan la ría, y, como contenida entre los distorsionados arpegios de la canción, la ría lograba controlarse a sí misma.

Aunque había dejado de llover, al pasar bajo los alargados plataneros me cayeron las gotas acumuladas durante la tormenta, agitadas por el viento, a deshora y a destiempo.

Abandoné la arboleda y seguí por la orilla de la ría que acoge una batalla eterna y sin tregua entre el agua salada que sube del mar y el agua dulce que baja del río.

---

* La novela *El corazón es un cazador solitario*, de Carson McCullers, contiene un pasaje realmente asombroso relacionado con los auriculares. Al principio del libro, la protagonista y narradora del mismo, la joven Mick Kelly, dice que de mayor quiere ser cantante e inventora y menciona algunos inventos proféticos: «Quizá sería una gran inventora. Inventaría diminutas radios del tamaño de un guisante que la gente podría llevar a todas partes metidas en la oreja». McCullers escribió esto en 1940, pero la tecnología necesitaría años para materializar ese dispositivo que la literatura inventó mucho antes.

SEGÚN RECIENTES ESTUDIOS, LAS aguas residuales de los edificios y barrios contienen rastros de distintos tipos de drogas dependiendo de la renta media de sus habitantes.

Aquella tarde, tras los ventanales de los edificios afrancesados que custodian el tramo de ría que me acompañaba, unas sombras desafiaban a la melancolía con una copa de Burdeos en la mano, absortas en la coreografía lenta e hipnótica de los peces drogados con los restos de antidepresivos que se vierten en los barrios periféricos, a unos cuantos kilómetros ría adentro. Al día siguiente, las sombras de esta zona añadirían al cauce de la ría restos de café y vitaminas recetadas contra el dolor de cabeza, que, según el estudio, es lo que vierten los barrios de rentas altas.

Los días en que las aguas bajan mansas, jubilados, parados y otros terapizados de los barrios pobres de la periferia suben a pescar con dos o tres cañas cada uno al último puente de la avenida, al que se abre al mar. En algún caso, cabe la posibilidad de que pesquen peces que, además de estar vitaminados y cafeinados por los habitantes de esa zona, estén también contaminados con el lorazepam o la fluoxetina que ellos mismos toman —y que es lo que, además de la terapia ocupacional de la pesca, les ha recetado su psiquiatra—.

Al llegar a casa se los comen, y, de esta manera, se multiplica exponencialmente el efecto de su medicación.

Dejé atrás el río y avancé, entre las casas y los coches aparcados, hacia el barrio en el que vivía entonces.

Un tren de cercanías que pasó silbando y balbuceando, envuelto en su propia onomatopeya, intensificó la descripción existencialista del atardecer. Tras sus ventanales arañados, de una triste luz color ámbar, viajaban todos los tópicos de la poesía social generando así una leve disforia en la teoría literaria.

Comparado con la prisa que llevaba la gente en el centro, el andar marcaba otro paso en aquel entorno, como si dilatara unas horas el tiempo.

Crucé el puente por debajo de la ruidosa carretera de salida de la ciudad; olía intensamente a mar. Los espigadores anticapitalistas habían dejado secar las algas rojas que recogen en las playas cuando baja la marea para luego venderlas.

Un poco más adelante, la acera avanzaba paralela a una pista de atletismo. Tres o cuatro personas daban vueltas, cada una por su calle, siguiendo la carrera que empezó con la caza y con la fuga, y que ahora se ha convertido en una absurda competición contra el tiempo.

Sin embargo, lo que me llamó la atención fue la mujer joven que estaba atrapada dentro la red en medio de la pista.

La lanzadora de peso.

La técnica del lanzamiento de peso tiene su origen en la antigua Grecia.

Para ganar distancia en el lanzamiento, se debe partir de una posición estacionaria y equilibrada dentro del área sin pisar ningún borde de la misma. El campo de acción se divide en tres partes: la zona de lanzamiento, la zona de caída y la zona de seguridad.

Dentro de esta modalidad existen dos tipos de lanzamiento: el directo y el de rotación (el tuyo, en el que das mil vueltas a las cosas).

El lanzamiento directo es más sencillo.

Para el lanzamiento de rotación es imprescindible que el atleta esté equilibrado, ya que con esta técnica se dan muchos nulos de distinta índole; por ejemplo, que la lanzadora se salga de la zona de lanzamiento —lo que podríamos llamar *perder los papeles*— o que el peso no caiga en la zona en la que debería caer —también conocido como *daños a terceros*—.

La chica joven se encontraba en el círculo de hormigón que estaba dentro de la red, y la metáfora del peso, en este caso, sería una bola de hierro que sujetaba con cuidado entre el cuello y la mano como si fuera la materia más frágil de la tierra.

Con el brazo izquierdo extendido, barrió el perímetro como si pidiera distancia a la gente que había a su alrededor. Entonces empezó a rotar y, con la fuerza de la inercia —esa que tan bien conoces, aunque ella la usaba a su favor—, giró sobre sí misma hasta que lanzó la bola negra contra un cielo color plomo. Estuvo al límite, pero no pisó la línea del círculo de lanzamiento.

Durante el trayecto, la lanzadora perseguía el peso con la mirada y, aunque en el último año había ganado medio metro de distancia, no le parecerá suficiente. A ti tampoco.

Dejé atrás la pista de atletismo y seguí el recorrido que me llevaría hasta casa.

A la distancia observé, como desde fuera de mi propia vida, encenderse sincrónicamente las ventanas de los bloques de casas. Casas en las que las ventanas son cada vez más estrechas y las televisiones más amplias.

Aquel día y aquella noche vivía en el quinto piso de un edificio de muchas plantas. Había hecho el cálculo: vivíamos en torno a cien personas en el bloque. Tantas como en un pueblo pequeño, aunque la mayoría no nos conocíamos. Distintos casos de esos estudios sociológicos que empiezan con «en nuestra sociedad, uno de cada cien...» dormíamos juntos en aquel panel de casas de barrio obrero que, aunque no se había concebido como arquitectura hostil, se había convertido exactamente en eso.

Y yo, que era una de esas miniaturas que se colocan bajo pequeños árboles de plástico en una maqueta de cartón-piedra para humanizar los edificios y torres de un barrio, seguí andando hasta donde cruzaba la carretera.

Me paré delante de un semáforo junto a una mujer que llevaba dos galgos atados, uno a cada lado.

Los perros miraban atentos el semáforo y, por un momento, dudé de si serían capaces de interpretar el cambio de color del mismo. Me pareció que sí.

Cuando sonó el color verde, notaron el movimiento de la mujer y, aunque la carrera de los galgos podría fácilmente superar el límite de velocidad establecido en esa avenida, miraron al suelo y comenzaron a andar ajustados al endeble y ausente paso de su dueña.

Debo decir que la estampa de esos de galgos pardos, errantes, famélicos, atados a sus deprimidos dueños, me parece una manera totalmente innecesaria de subrayar la tristeza que subyace bajo la rutina del mundo que habitamos.

Los galgos avanzaron hasta un pequeño rectángulo de hierba —sería una exageración llamarlo *jardín*— en medio del monótono gris. Dentro del mismo se encontraba, iluminado por la tenue luz de su móvil, el dueño de otro perro. Al observar que la obra de su animal era sólida, guardó el teléfono, sacó una pequeña bolsa de plástico del bolsillo de la cazadora y recogió la mierda del can. Me pareció que los perros se lanzaban una sonrisa cínica. Una anaideia. El más importante de los logros de la escuela de Antístenes.

La secta del can había conseguido lo que nunca se hubiesen atrevido ni siquiera a imaginar: habían obligado a los humanos a agacharse y recoger su mierda.

Otro perro rondaba alrededor. Cuando el primero se dio cuenta, se le encrespó todo el pelo de la columna vertebral. Adelantó la cabeza y trazó una perfecta línea recta que atravesaba la columna para acabar en un largo rabo. Echó las orejas para atrás y, cuando el otro perro pasó a su lado, emitió un murmullo contenido y lo ignoró con un gesto demasiado humano.

Continué el camino hacia casa pensando en la eterna enemistad que se tienen los perros: ¿Cuándo y por qué se enfadaron? ¿Cuántos años dura el odio que se tienen? ¿Hasta cuándo piensan alargarlo?

QUEDABAN DIEZ MINUTOS PARA que cerraran el supermercado.

Nada más entrar, la mirada de la joven cajera me atribuyó la culpa de todas las desgracias que simultáneamente, y sin aparente conexión entre ellas, ocurrían aquella tarde. Ambas éramos dueñas de un mismo lapso de tiempo. La civilización sigue sin resolver a quién pertenecen los últimos diez minutos en un supermercado que cierra a las ocho de la tarde.

Cerca de la entrada, a mano derecha, en una pequeña y sofocante habitación, cuatro pantallas fragmentan y vigilan a los clientes. En las imágenes aleatorias, de definición muy pobre, la exhausta clientela a duras penas consigue rectificar la inercia trucada de los carritos de compra.

El hombre que aparece en la pantalla inferior derecha lleva una solitaria botella de vino en una esquina del carro. Las botellas de vino que se beben en soledad se deberían vender en farmacias.

Si hiciéramos un análisis íntimo y social de lo que cada uno acumula en su carro, observaríamos una ligera dejadez en la compra de la joven mujer que ha entrado a las ocho menos diez: café, mermelada, pan tostado, tomate, aguacate, jamón plastificado, latas de atún, cervezas, yogures, chocolate y huevos.

Me dispuse a pagar la compra con la tarjeta. Al desearle las buenas noches a la cajera eran las ocho y cuatro minutos. Otro dependiente había bajado la persiana hasta la mitad para evitar que entraran más clientes. No hizo ningún esfuerzo para levantarla y tuve que pasar agachada. Me lo merecía.

Imaginé un delfín al otro lado del océano, bajo un sol que se ponía perezoso, atragantándose con las bolsas de plástico que, por dejadez, tuve que pedir en la tienda. Eso contribuyó a aumentar el plomizo espíritu en el que me empezaba a hundir aquella noche.

LLEGUÉ A CASA Y, al abrir la puerta, se abrió también ante mí el desorden y el caos de aquel piso que era mi propio reflejo. Pagaba con extrañamiento, aislamiento —y demasiado caro— el precio de eso que llamamos *intimidad*.

Estaba herida. Estaba saliendo de la herida.

El mero hecho de recordar aquellos días apesta.

Cómo puede el dolor mermar a una persona hasta convertirla en un animal paralizado. Aquel verano merodeaba sola por la casa y sus habitaciones, pasaba horas drogada de lorazepam delante del televisor; un desasosiego que apestaba a sudor, grasa, pis y sexo frustrado.

Pero aquel día ya no vivía en aquellos días.

Además de *intimidad*, llamaba *libertad* a aquel muro defensivo y provisional que yo misma me había construido ante el mundo, ignorando en qué se convertiría más adelante.

En la entrada de la casa, apilados en cajas de cartón, estaban los discos y los libros que había rescatado en mi última mudanza —resumamos en esa palabra, en favor de la elipsis literaria, una historia que daría para escribir ocho gruesos tomos—. Y al lado de estas cajas, en otra caja sin abrir, desesperaba una estantería adquirida con el fin de ordenar esos discos y libros. La prueba más gráfica e irrefutable de mi procrastinación vital.

Nadie que entrara en aquella casa podría asegurar a ciencia cierta si me había instalado la víspera o me mudaba al día siguiente.

Era martes y había anochecido. Siempre me ha parecido que ese día y esa hora son el momento idóneo para medir de forma objetiva, con la precisión de una balanza de mercurio, la habitabilidad de la propia vida.

El martes es el día más neutro: está a una distancia prudente de las expectativas que proyecta el siguiente fin de semana, y ya estoy bastante recuperada del poso de decepción que me ha dejado el fin de semana anterior. Martes y noche. Empezaba a ahogarme esa angustia que me es tan propia pero que nunca he conseguido descifrar.

Dejé las compras del supermercado en la encimera de la cocina, me cambié de ropa, me abrí una cerveza y, con un trozo de queso, me senté en el sofá.

Justo un segundo antes de que se encendiera el televisor, vi mi reflejo en el negro espejo de la pantalla. Para cuando me di cuenta, me tragó una ola gigante. Las noticias arrancaban con las imágenes del oleaje que me había pillado al salir del cine, y la presentadora narraba la ciclogénesis con el tono ideologizado que impregna también el parte meteorológico. Me levanté y me dirigí a la cocina a por un trozo de pan sin dejar de seguir el hilo de las noticias.

Al otro lado de la pared sonó el teléfono.

La gente llama más cuando llueve o hace frío.

Volvía a llover mucho. De nuevo, el viento soplaba fuerte y violento; una noche de esas en la que sientes que llueve contra ti.

Al cerrar la cortina de la ventana, reparé en la escena romántica que tantas veces había mirado pero nunca había visto: cuando llega a la esquina, el camión se para frente al contenedor.

Todo ocurre con una atracción mecánica mucho más intensa que el propio deseo. Con mucho cuidado, el camión alarga sus brazos metálicos y, delicadamente, atrae el recipiente hacia su cuerpo.

Lluvia y frío. Las gotas que se estrellan y caen en el cristal de la ventana de la cocina lubrican aún más la escena.

El camión eleva el contenedor con ternura entre sus rígidos brazos de acero.

El ruido de la fricción de ambos cuerpos se funde con las voces de los operarios vestidos con buzos naranjas. En el punto más álgido —lo podríamos llamar *el clímax*—, el gran recipiente se vuelca y se vacía en el remolque. Dentro del mismo, el vertido del contenedor se ha mezclado con los restos de los otros contenedores de la misma calle.

Vuelto ya en sí, y con una delicadeza electromecánica que estremece, el camión baja el contenedor, lo coloca con mimo aunque un poco torcido entre las rayas pintadas en el suelo y, con mucho cuidado, retira sus largos brazos para abandonarlo e ir en busca del siguiente.

Me extrañó el nivel de delicadeza que había conseguido la ingeniería, con sus cálculos y programaciones, a la hora de fusionar un camión y un contenedor.

Al final de la escena, uno de los hombres vestidos de naranja acerca a patadas y empujones el contenedor hasta el bordillo de la acera.

Volví al sofá, pegué un trago a la cerveza y me dispuse a seguir con gran hastío el informativo y su narración encadenada de malas noticias.

Escuchaba con frialdad notarial la antología de males e injusticias ajenas, como si el hecho de conocerlas me librara de mi parte de culpa. Una leve culpa que, en la práctica, no acaba de transformarme, que no va más allá de los residuos tóxicos que el cristianismo ha dejado en mí.

En los microinsomnios que se me estaban perpetuando de noche, durante los cuales me asaltaban los problemas realmente graves —haber engordado cuatro kilos los últimos meses, por poner un ejemplo—, todas aquellas grandes desgracias ajenas no llegaban a estar presentes. En una suma de excepciones y contradicciones cada vez más numerosa, a duras penas llegaba al simulacro ideológico que performaba.

Por lo que, también aquella noche, junto a los de mi especie protegida, implosionaba ante el aparato del televisor con el móvil colocado justo encima del ombligo.

A aquella fatídica hora, frente al televisor, cada uno gestionaba y soportaba como buenamente podía la angustia intrínseca del anochecer y la más letal de las enfermedades: una herida fundacional a la que cada uno le da un nombre diferente.

O nombres que mutan y, en el peor de los casos, se acumulan. La injusticia, la desigualdad, el dolor, la tristeza o la violencia social que desprende el mundo se vuelven ansiedad, ahogo, dolor crónico lumbar y de cuello, enfermedad pandémica o eccema de párpado en cada uno de nosotros.

Es lo que en estos tiempos, utilizando uno de esos neologismos que indican grado de pertenencia o de distancia, llamamos *somatizar.*

Es la misma angustia que, hace tantos años, un psicoanalista definió como *histeria crónica,* sobre todo en el caso de las mujeres; la más crónica de entre las enfermedades que, como los piojos, salta, ha saltado, saltará y se quedará entre los seres humanos.

Hoy en día, el tiempo se ha vuelto del revés.

En una sociedad angustiada por la incapacidad de resolver si el error es relativo o absoluto, los médiums hacen *sold out* en cines y teatros de pequeños pueblos y ciudades a treinta euros la sesión —la ficción es cara—; la fe está de vuelta incluso entre nuestra generación, que, aunque creció con vírgenes y crucifijos sobre la cama, se salvó gracias al camino que emprendieron nuestros referentes marxistas hacia el agnosticismo.

En un abarrotado cine de pueblo, un hombre joven —no podría ser de otra manera—, blanco y vasco, habla en castellano —no podría de ser de otra manera— sobre el poder y la fuerza de la espiritualidad. Exento de cualquier indicio de esoterismo, podría pasar por un empleado de banca o un funcionario en la entrada, pongamos, de un polideportivo. Entre el público, un joven pálido que se llama igual que el médium sigue atento sus palabras. Ambos pertenecían a esa franja generacional tan ambigua que es la mediana edad.

Hace dos años que perdió el trabajo y se perdió también él en la genealogía heredada por parte de padre y madre, que lo educaron para tragarse las injusticias solo y en silencio. Cuando, durante la penúltima crisis económica, echaron a la mitad de trabajadores de su empresa y abocaron a la otra mitad a los ERTE, en casa le aconsejaron que no entrara en movidas ni protestas, que no se manifestara, que no destacara. Y aquí se encuentra ahora, en vez de estar en una asamblea de un sindicato o quemando uno de los coches blancos de sesenta mil euros que los dueños de las empresas se compraron con las ayudas de aquellos ERTE. El joven escucha absorto el relato mágico en el que el jovencito neoliberal cuenta cómo se comunica con los muertos. Lo interrumpe una señora teñida de rubio que ronda el medio siglo de edad y que guarda uno de esos coches blancos en el garaje; ha llegado tarde y se ha sentado en la butaca libre que está justo al lado del triste joven; y, con un seco golpe, le obliga a retirar su brazo del reposabrazos derecho.

Antes de salir, el médium ha prometido a los asistentes que los abrazará de uno en uno para compartir su energía. Una mujer pequeñita y delgada que espera su turno delante de nuestro joven agarra por los brazos con angustia y fuerza al médium y le dice que, ya que él puede hablar con los muertos, quisiera que le preguntara a su difunto hermano quiénes fueron los que le torturaron hasta la muerte. El médium le responde que él hablar, lo que se dice hablar, no habla con los muertos, y que para tratar cuestiones personales tendrá que concertar una consulta privada. También le deja claro —con una sonrisa falsa y agarrándole la mano— que él no entra en «temas políticos».

Dormía sola aquellos días.

Aún no sabía que, pronto, mi pelo se enredaría con el de otra mujer morena; que nos acostaríamos con nuestras melenas negras y amaneceríamos llenas de canas. Por entonces, ni siquiera conocía a algunos y algunas de mis ex. Ignoraba aún que los ojos de esa mujer morena iban a lamer y sanar la herida abierta por un hombre. Tampoco sabía que, antes de conocerla, mudaría de piel frotándome —como las serpientes en las piedras— contra hermosos hombres de áspera barba y contra maravillosas mujeres de piel siempre suave e inacabable.

Y, en mi inmensa ignorancia, ni siquiera imaginaba que aquella misma noche, a ciento cincuenta y seis kilómetros de la que entonces era mi casa, la mujer de melena rizada y negra acababa de dormirse pegada por la resina sexual a la espalda de otra mujer. De haberlo sabido, me hubiera sumido en un ataque futuro de celos retrospectivos —otro de los residuos tóxicos que la religión ha dejado en mí: la monogamia—.

Ignorando que compartía piso con más de doscientos insectos e invertebrados, dormía sola aquellos días. Y, en el sofá de esa noche de martes, me adormecía ante un programa de televisión que alertaba de forma catastrofista sobre la inminente e inevitable amenaza del cambio climático. Como para entonces ya había entendido que nadie saldrá viva de esta vida, decidí irme a la cama, rendida (en el peor sentido de la palabra).

Me dormí enseguida en aquella cama fabricada con restos de tablas de eucaliptos violentamente devastados por un huracán.

Mientras dormía me desgastaba los dientes y las muelas con un bruxismo íntimo y animal.

En una infatigable rotación de posturas contra el insomnio, presa en la camiseta que me ponía para dormir, acabaría despertándome de madrugada a la misma hora de siempre; la hora que, según la medicina china —que tan sabia es pero tan poco beneficio parece haberles deparado a ellos mismos— está relacionada con la tristeza, la nostalgia y los miedos.

TODO ESTABA en silencio, y el ladrido cansado de un perro envejeció el mundo.

En esa meseta nocturna, entre despierta y dormida, revivía una y otra vez momentos que quizás nunca habían ocurrido y proyectaba otros que seguramente nunca ocurrirían. Luego volvía a dormirme hasta ese instante, pactado social y políticamente, que llamamos *hora de despertarse.*

Aun así, era todavía pronto.

Oía a los gorriones y los mirlos en el balcón, abandonando la lucha darwinista por la caza de lombrices y bichos de los bosques y praderas, picotear las cortezas de queso que había en el cubo de reciclaje orgánico.

El ruido del motor de un coche atropelló el hermoso canto *mainstream* de un mirlo.

Llevaba en aquel vecindario el tiempo suficiente como para reconocer el mapa sonoro de sus habitantes; guiada por los ruidos de sus rutinas, podría adivinar la hora exacta sin mucho margen de error.

Me levanté y me dirigí hacia la cocina. Encendí la radio: la voz de la locutora silenció mi incesante monólogo interior y me tranquilizó.

Las noticias seguían con el relato. La mayoría de las veces el mundo sigue la narrativa del día anterior, según criterios estilísticos del periodismo, con un narrador omnisciente, en tercera persona y supuestamente objetivo.

En esa distancia que hay entre la primera y la tercera persona gramatical cabe toda la brutalidad del mundo.

Vacié los restos de la cafetera del día anterior, la rellené y la puse a hervir en el círculo de la vitrocerámica que se tiñe de rojo como una alegoría del fuego.

Antes de que la cafetera empezara a silbar, me dio tiempo a ducharme y a elegir, entre el caótico montón de ropa negra de mi armario, una camiseta (en su etiqueta, la palabra Bangladesh es un grito de socorro de las esclavas y esclavos del siglo XXI, aunque solo reparamos en *no planchar, no lavar a más de 40°*). Elegí también una braga y un pantalón y volví vestida a la cocina.

Recreando el mismo bodegón desordenado de cada mañana, dispuse sobre el mantel la mermelada, el pan tostado, la taza, la cucharilla y, por último, la pequeña cafetera italiana.

POR UN instante —a esa hora de la mañana en la que aún no amanece, y en esa cocina iluminada por un fluorescente amarillo—, el primer sorbo de café me hubiera bastado para justificar la barbarie americana de hace más de quinientos años.

Tras las ventanas de los bloques de casas aparecían y desaparecían las sombras de la gente. Un gato, dueño todavía del reino de la noche, cruzaba la carretera hacia el pequeño jardín. El supermercado aún cerrado y, cerca, un contenedor atravesado en la primera raya del paso de cebra. La pista de atletismo vacía. Los tejados de la Parte Vieja esparcidos como una baraja de cartas que ha caído desordenada. Alargadas hileras de plataneros custodiaban la ría que corre bajo los cuatro puentes de la ciudad. Las vías de los trenes parecían cauces secos y, hacia el norte, un mar plomizo y estanco defendía la ciudad perezosa. Tierra adentro, las autovías se expandían entre colinas y montes bajos hasta donde el horizonte empezaba a curvarse.

Allí, entre las rojizas ranuras del cielo de otoño, empezaba a asomar el sol en el viejo mundo.

Era temprano y hacía frío. Una niebla cerrada, que parecía creada por el aliento de la gente perezosa, envolvía aquella mañana de primavera.

Cogí el coche y, para cuando quise darme cuenta, estaba en el semáforo de la salida de la ciudad, en el carril equivocado. El hombre que conducía el coche de detrás me dejó paso a regañadientes.

Me pareció que custodiaba con demasiado celo el trayecto de cinco kilómetros que, como cada mañana —y en un error continuado— le llevaría al aparcamiento de su lugar de trabajo; allí dejaría su coche con el depósito lleno, lo que le alcanzaría para recorrer cientos de kilómetros si un día decidía huir de su vida de mierda.

Hablando de gasolina, la de mi depósito no iba a llegar para todo el viaje, pero decidí parar más tarde.

Salí de la ciudad y pronto llegué a la sinuosa carretera que hilvana la costa. Llevaba el mar en la ventanilla derecha, que estaba cerrada y creaba un efecto de acuario.

Cada kilómetro de esta carretera es una frontera negociada con el mar salvaje que, tres o cuatro veces al año, exige a embestidas revisar su parte del contrato.

Por la ventanilla izquierda asomaba el acantilado. La otra parte del conflicto. A decir verdad, el enfrentamiento era entre el monte y el mar hasta que llegó el ser humano y decidió hacer un corredor humanitario para poder desplazarse de un pueblo a otro, y, de ese modo, convertirse también en parte de esta guerra.

El risco de la montaña se mantiene envuelto y sujeto con una red metálica. Impresiona la aparente fragilidad de la malla que sujeta la montaña y que, esa mañana, soporta incluso el peso que siente en el pecho la mujer que toma té mirando al mar desde un caserío en lo alto del monte.

En esta carretera son frecuentes los desprendimientos cuando hay lluvias torrenciales. La tierra intenta ganarle terreno al mar.

Todos los proyectos arquitectónicos de túneles, mallas o paredes de contención resultan ridículos y fallidos frente a la fuerza de la naturaleza salvaje.

Recuerdo un día en el que, de camino al trabajo, en la sinuosa y larga carretera que une el pueblo en el que nací con el de al lado, me encontré una piedra en medio de la carretera.

No sabes exactamente desde dónde ha caído, pero sabes que viene de la ladera junto a la que conduces y que podría ser la señal de un inminente desprendimiento; intentas huir y aceleras, aunque no sabes si lo que te va a salvar es el ir más rápido o más despacio.

Porque huir ha sido siempre tu estrategia, pero quedarse quieta también puede ser una manera de escapar, por ejemplo, en las tormentas; siguiendo un instinto infantil —provocado por un trauma no tratado a tiempo—, más de una vez has llegado hasta el ojo de la tormenta intentando escapar de ella.

En ese caso, escapar era quedarse quieta. Pero en el caso del día de la piedra, no.

Llegando al trabajo, escuchaste en la radio que había habido un enorme desprendimiento justo en la curva donde encontraste la pequeña piedra.

Al menos aquella vez entendiste lo que significaba la piedra.

El mar era color plata y estaba tranquilo aquella mañana. El leve movimiento de las olas creaba sombras en las que el agua parecía aceite. Suele decirse que la calma llega tras la tormenta, pero a ti, en tu negativismo no-científico, siempre te ha parecido que la precede.

El paisaje y la memoria se me enredaban.

La luna delantera del coche golpeaba las nubes. El sol que empezaba a asomar me molestaba, cosa que me hacía insistir en los pliegues que el tiempo ya reflejaba en mi cara.

Se me estaba llenando la vida de preguntas; la vida me preguntaba desde el pasado, pero también desde el futuro.

Era alguien entre aquella que una vez fui y la que un día llegaría a ser.

Preguntas y miedos.

Se me están amontonando los miedos que traigo de la infancia con los que me vienen de la vejez, en este desierto que no sé muy bien si es en medio o en la mitad de la vida.

No recuerdo muy bien qué buscaba cuando me senté ante el ordenador: *quién, qué, desde dónde...* pero era evidente que Google guardaba mi historial de preguntas.

Si no me equivoco, el buscador autocompleta la palabra que tú escribes según el número de veces y el contexto en que la gente la haya escrito antes. Al ser bilingüe, me entró la curiosidad de si, escribiendo una misma palabra en euskera o en castellano, la sugerencia sería la misma; añadí el francés, que también hablo, y efectivamente: me quedé asombrada con el resultado de aquel juego sociológico-político.

Por ejemplo, parece ser que la mayoría de las preguntas que le hacemos a Google en euskera son metalingüísticas.

A saber. Si escribes «cómo decir...», las opciones que te ofrece el buscador son «cómo decir las horas en euskera» o «cómo decir gilipollas en euskera».

En cambio, si escribimos lo mismo en castellano, la primera respuesta es «cómo decir a alguien que no te gusta», mientras que en francés nos sugiere «*comment dire je t'aime*» o «*... merci*».

Seguí entusiasmada el ejercicio: «cómo evitar... que jaqueen tus cuentas» (euskera), «cómo evitar... la caída de pelo» (español), «*comment eviter... le stress*».

«Es asombroso cuánta gente... ignora nuestra historia» (euskera), «cuánta gente... se llama como yo» (español), *«combient de gens sont morts dans le pasée»*.

«Cómo hacer bien... un resumen» (euskera), «cómo hacer bien... las sentadillas» (español), *«comment faire bien... caca»*.

«Cómo se declina... desde cuándo» (euskera), «desde cuándo... se cuenta el embarazo» (español), *«depuis quand... l'homme existe-t-il»*.

«Hasta cuándo... Euskaltzaindia (Real Academia de la Lengua Vasca)» (euskera), «hasta cuándo... se puede abortar en España» (español), *«jusqu'au quand... peut-on souhaiter le Bonne année»*.

«Cuánto vale... expresar el cuantitativo» (euskera), «cuánto vale un bitcóin, un camello» (español), *«combient coûte... l'euthanasie en Suisse»*.

POR SUERTE, LA LUZ de la llamada silenciada del móvil, que estaba tirado en el asiento de al lado, me sacó de aquella bruma reflexiva.

Alcancé a leer la palabra *dentista.* Era un recordatorio de que tenía que concertar cita y hora con ella.

No sabía si iba a tener que pasar una o dos noches en la otra casa, así que aproveché la espera durante un semáforo en rojo para escribirme un ilegible *DENT* en la parte superior de la mano izquierda.

La verdad es que tenía trabajo la dentista. Tres días antes me había partido una muela comiendo nueces.

La errónea ecuación que dista entre el hueco abismal que notas con la punta de la lengua, y el minúsculo pedazo de muela que miras atónita en tu mano podría servir como ejemplo perfecto de eso que llamamos *relatividad.*

La dentista me ha dicho que por la noche, mientras duermo, me crujen los dientes.

He llegado a la tercera dentición, a la definitiva: la de titanio y cerámica.

La medicina define el bruxismo como *la enfermedad silenciosa.* Comerse por dentro, una implosión.

Implosión:
De explosión, con cambio de prefijo.

1.f. Acción de romperse hacia dentro con estruendo las paredes de una cavidad cuya presión es inferior a la externa.
2.f. *Astron.* Disminución brusca del tamaño de un astro.

Avanzaba por la carretera, que tras una curva se abría totalmente al horizonte para cerrarse por completo en la siguiente; el mar seguía en la ventanilla derecha meciendo, ola a ola, el eterno balanceo del mundo. La marea estaba muy baja. Las láminas de flysch, que llegaban hasta el borde mismo de la carretera, guardaban la síntesis del relato geológico de millones de años y parecían, como alguien ya dijo, tomos con forma de roca alargada.

Encendí la radio. Estaban hablando del león de Arrikrutz.

Las enormes rocas redondas que sobresalían en la orilla parecían animales de la época del viejo león —o incluso anteriores— que se hubieran petrificado para enfrentarse a la extinción. En la espalda cubierta de musgo de una de aquellas bestias, se sostenía, sobre una sola pata, un ave migratoria que miraba quieta hacia el océano desafiando la insoportable levedad del ser.

Conocía la imagen del viejo león; la había visto antes: el animal que se acostó en el Pleistoceno y se despertó —lo despertaron— setecientos mil años más tarde.

No alcanzo a explicarme por qué, pero mis antepasados —los pocos que aparecen en las escasas fotos de mi familia— me son más extraños que ese animal tumbado en el vacío del tiempo. Cuando anunciaron el descubrimiento, los expertos y los medios de comunicación mencionaron la singularidad del león, lo excepcional de ser el último de una especie.

Yo entendí *soledad*: ser el último de un tiempo.

Es macho y, en comparación con los que conocemos ahora, enorme. Lo encontró un joven que se perdió en la cueva de un monte. En un primer momento pensaron que se trataba de un oso, pero sus colmillos lo delataron.

En las fotografías del lugar y del momento del hallazgo aparece un enorme esqueleto: tumbado, con las patas tanto delanteras como traseras extendidas, la cabeza hacia adelante. La postura en la que eligió quedarse para la eternidad me transmitió tranquilidad, serenidad; una sabia y paleontológica sensación de soledad.

Por eso, cuando supe que le habían dedicado una exposición en el museo de la ciudad, cogí un autobús y, con el cuerpo de una cita especial, fui a ver al león con mis propios ojos.

Me dolió verlo encerrado en una urna de cristal, pero sobre todo me dolió ver al león encaramado en una estructura de metal, tieso y reconstruido en el falso relato del depredador.

Y los colmillos expuestos aparte en una urna especial.

Me largué cabreada del museo.

Hacía bochorno. Un golpe de aire caliente casi me ahoga al abandonar el edificio neoclásico y salir al jardín botánico, cuya belleza salvaje había sido civilizada con arbustos y senderos rectangulares. Patético. Lo crucé para llegar hasta la alameda en la que el autobús me recogería de vuelta a casa.

Desde este lado de la calle podía ver a la gente intentando resguardarse del calor y el sol bajo la marquesina. Siempre me asalta la curiosidad por saber quién y cuándo decidió hacer fila para subirse a los autobuses respetando el orden de aparición —como en las películas— y guardar tan cívicamente ese orden en la acera.

Aquel mediodía de verano, cada una de las personas que esperábamos el autobús habitábamos nuestro propio tiempo y nuestra propia historia.

La historia que construimos entre todos, pero abandonamos uno a uno.

Un bestiario, y cada uno en su propia fábula.

Un mismo tiempo, momento y espacio en el que, cada cuarto de hora, en un autobús se crea y deshace una cápsula sociológica y geopolítica.

Pongamos que ese autobús que tú no has llegado a coger —porque llevas el reloj con un retraso de tres minutos— es una posible ficción de contemporaneidad que lleva a gente con la que nunca más te volverás a cruzar.

Una mujer eslava, por ejemplo, que con su tinte rubio subraya hasta la exageración su poscomunismo caucásico. Lleva un cinturón de piel de cocodrilo falso. Bueno, el cocodrilo es auténtico y la piel también. Lo que es falso es el cinturón.

A su lado va una joven latinoamericana a la que se le acumula la fatiga de dos continentes enteros en sus preciosos ojos cansados. Ha salido del trabajo un poco antes de la hora para poder llegar a votar por correo en las elecciones de su país. Tiene la sensación de apoyar cada pie en una época geopolítica y una placa tectónica diferente. Votará a favor del comunismo del que tanto le ha costado huir a la señora china que va sentada dos asientos más adelante. La joven de los ojos cansados, espectadora solitaria, mira por la ventana rumiando la pregunta que la hiere desde la distancia.

Entre las dos, un chico pakistaní que hace cinco meses que saltó cincuenta años desde la escalera de un avión hasta el suelo en el que hizo pie. Estruja el *ticket* entre los dedos mientras observa con sus pupilas negras y fascinadas la discreta crueldad capitalista que emanan los paseantes, los coches, los árboles y los edificios que aparecen y desaparecen al otro lado del cristal.

Y, en la parte trasera del autobús, sentados uno en frente del otro, dos chavales nacidos en el mismo barrio periférico de una ciudad africana; uno adoptado cuando era bebé, y otro que vino hace tres años con su madre hasta donde su padre había conseguido llegar. En una escena que se le antoja un juicio exprés, la madre blanca no consigue mantener la mirada de la madre negra. El chaval adoptado sentirá por primera vez algo que años más tarde, en terapia y con ayuda de la medicina, tratará de resolver.

En la madeja de la Historia, cada uno precede al siguiente y procede del anterior; cada uno escribe, borra y reescribe.

Descubrí la obra en un documental sobre arte contemporáneo: fijado a una pared blanca y vacía, habían colocado un compás de esos que utilizan los carpinteros. La aguja giraba accionada por un pequeño motor. Desde su eje se desplegaban dos brazos de madera: un lápiz y una goma de borrar. El lápiz no paraba de girar dibujando un círculo que la goma —en una persecución constante— borraba después a su paso. El incesante juego del perseguidor. Sin cesar y sin parar. La obra se llama *Historia*.

De noche, el celador de la sala de exposiciones apaga el pequeño motor del compás; la mañana siguiente lo volverá a encender para que la Historia siga su curso y, en este caso, su surco. Cuando acabe la exposición, desmontarán la frágil obra y la guardarán en una caja reforzada para transportarla hasta el otro extremo del mundo, donde seguirá girando fijada a otra pared blanca y vacía. En cada lugar, siguiendo el rastro que traza el lápiz, cada espectador escribirá de memoria su propia historia y le dolerá la evidencia artística de lo que ya conoce de antemano.

A decir verdad, la obra no deja de ser una reinvención sofisticada de lo que un jamaicano inventó hace más de medio siglo: el lápiz con goma de borrar. La vida —la intrahistoria, la de una misma— se escribe también en un trozo de piel del tamaño de un pequeño cuaderno en el que antes ya escribieron, borraron y tacharon. El dolor de escribir, borrar, subrayar o tachar con violencia. Cuál se desgaste antes —el lápiz o la goma de borrar— depende de la historia de cada una.

YO, CAUTIVA EN NUESTRA propia historia, cogí el siguiente autobús.

Intentaba a duras penas sacar la tarjeta del bolsillo de la cazadora, cuando el conductor me pidió que dejara pasar a la gente. Miré al joven de barba y pelo negro; creí reconocer en él al conductor de esa misma línea, en su último día de trabajo, justo antes de desaparecer durante dos semanas y aparecer muerto en un río, torturado y maniatado.

Nada más arrancar, tuvo que parar el autobús.

Avanzó una veintena de metros y volvió a parar.

La mujer que estaba sentada en frente hablaba por teléfono. Relataba para todo el autobús hasta el más mínimo de los detalles de las sesiones de quimioterapia de un familiar. Me puse los auriculares y me refugié bajo la sombra de un árbol, al lado de un riachuelo americano, dentro de una canción de Atahualpa Yupanqui que Spotify también ha atrapado en su algoritmo.

El autobús llevaba parado unos minutos y, al volver a ponerse en marcha, no supe si nos movíamos nosotros o el montón de gente que veía por la ventanilla. Iba sentada dando la espalda al chófer, de manera que me costaba más percibir la referencia del eje de la tierra. Un grupo de gente gritando ocupaba el gran ventanal rectangular. Me quité los auriculares para intentar oír lo que gritaban, pero no lograba entender nada.

Aunque no había mucha gente, a simple vista se podría decir que era un grupo bastante ecléctico en cuanto a raza, clase y edad. El autobús avanzaba a duras penas por entre las cintas plásticas con las que la policía abría camino.

Nosotros avanzábamos y el gentío retrocedía. Era una manifestación en la que la gente caminaba hacia atrás.

Cuando la cabeza de la manifestación se encontró con el autobús, se hizo a un lado y pude alcanzar a leer «El aborto es un asesinato» o «La homosexualidad se cura» entre las pancartas que portaban los manifestantes.

El autobús arrancó como enfadado y la inercia me llevó hacia adelante —o quizás hacia atrás—, hacia la manifestación. Y de nuevo, para salvar la transición hacia el rojo de un semáforo, aceleró y avanzó violentamente consiguiendo dejar atrás el tumulto de gente.

Camino a casa, el mar asomaba intermitentemente entre las villas de la zona más rica de la ciudad —esas que sintetizan cómo ha evolucionado el concepto de *lujo* en la arquitectura durante los últimos cien años—.

Era el mismo mar de color roca que aquella mañana nublada de primavera se desbordaba tras las ventanas del coche. El mar gris que nosotros hemos aprendido a decir, escribir y ver azul. Homero, en sus obras inundadas de mar, nunca lo describió de ese color. Parece ser que aprendimos más tarde a vestirlo de azul. Una construcción ficticia. Una más.

Llegué a otro pueblo bañado por el mar Cantábrico. Una parte de mi familia proviene de allí; concretamente mi abuela paterna, la abuela de musgo, que murió poco antes de que yo naciera.

Quizás la abuela miró a la nieta que aún no había nacido como yo ahora la miro a ella. Quizás nos miramos alguna vez, aunque nunca llegamos a vernos por un minúsculo error de sincronía entre la vida y la muerte.

TANTO ENTRE LOS DE musgo como entre los de trigo, soy el eslabón estéril de una cadena de errores de producción, e incluso de reproducción. Y he añadido uno más a la lista de órganos inservibles que el ser humano ha arrastrado hasta nosotros: mi útero.

Tú decidiste no tener hijos, o esa sería al menos la hipótesis más creíble. Pasaste mucho tiempo diciéndote *todavía no* hasta que un día te escuchaste a ti misma decir *ya no*.

Decidiste que *no* más veces de las que decidiste que sí.

Al final, decidiste que *no*.

Aunque, visto desde ahora, no te parece que eso fuera realmente tomar una decisión.

En tu caso, decidir que *no* siempre ha sido más bien la consecuencia de no decidir; de dejar que el tiempo pasara, que hiciera el trabajo que te correspondía a ti.

Pero, en este caso, el tiempo se ha comido a sí mismo.

Ahora te asoma una especie de arrepentimiento. No esperábamos menos, viniendo de ti.

Primero la duda, después el arrepentimiento.

Así que eres el eslabón perdido en el inacabable cuerpo y *corpus* que forman tu madre, tus dos abuelas y tus bisabuelas.

No es que te sientas orgullosa de ello, alguien tenía que hacerlo.

Desde un punto de vista biológico, llamamos *sobras evolutivas* a esas partes del cuerpo que no nos sirven para nada.

Al parecer, no todos las tenemos: el apéndice, un tendón en la muñeca desarrollado para subirse a los árboles, las muelas del juicio, el músculo que encrespa el vello del cuerpo —para, como hacen los gatos, aumentar de tamaño en las situaciones de miedo—, el coxis —también llamado cola embrionaria—, las mamas de los hombres o un tercer párpado que solo mantienen los reptiles.

Tú has añadidito uno más a la lista: tu útero.

Sentí un ligero dolor de cabeza, y como el sol —que ahora salía de nuevo— me adormecía aún más si cabe, decidí parar en el bar que está delante del astillero. Aparqué el coche, entré al bar, pedí un café y me senté en la terraza.

Enfrente podía ver a cuatro hombres negros lijando la panza de un gran barco de hierro. Con sus guantes gruesos, limpiaban y acariciaban una mancha de óxido. Eran minúsculos al lado de ese barco enorme.

Me recordó a un cementerio de barcos que hace años vi en la Bretaña francesa: inclinados uno encima del otro, se pudrían juntos en un gesto derrotado, solidario y antiecológico.

En este caso el barco estaba vivo. Herido pero vivo.

Tras el astillero alcanzaba a ver una pequeña playa repleta de hileras de juncos; juncos preciosos que los biólogos llamarían *plantas invasoras.* En la orilla yacía el esqueleto de una barca que lleva años deshaciéndose al sol y que emerge por completo cuando baja la marea.

Parece el esqueleto de una ballena.

Aunque las había visto muchas veces, nunca había reparado en que las barcas son un plagio de las ballenas.

Volví al coche, dejé la carretera del litoral y elegí, de entre las señales de un cruce, la que me llevaría por una empinada cuesta hacia una carretera de montaña.

Desde lo alto de la misma, se podía apreciar el ancho valle vestido de un verde que era el resultado de un pacto estético entre el color propio de la cosecha y la estación en la que nos encontrábamos. La carretera, como cinta americana pegada en el paisaje, aparecía y desaparecía entre los bosques y prados.

Una bolsa de plástico rota que colgaba entre las ramas de un árbol me pareció un cuervo.

Yo era un coche negro que atropellaba las sombras de los árboles y de los pájaros.

Un cuervo intentó salvar su sombra de las ruedas de mi coche, levantó el vuelo y salió del bosque hacia el cielo. Desde lo alto, observaba el coche negro cruzando el valle entre los árboles.

Cuando salí del bosque fui yo la que vi al cuervo rasgar el cielo.

Podría ser la bolsa de plástico zarandeada por el viento.

Pero no soplaba el viento.

Unas curvas más adelante, me estremecí al ver el caserío que está al borde la carretera. Es un caserío grande, viejo y pintado de blanco. Tiene un pequeño balcón en la parte superior y, en la barandilla, un cartel fluorescente y chillón que desde lejos llama la atención por salirse de la cromática propia de la naturaleza que lo rodea.

Bajo el balcón, al lado de la puerta principal, había un perro viejo tumbado al sol y atado a una cadena.

Dicho de otra manera: había un perro tumbado al sol, tranquilo, atado con una cadena a la casa que el dueño vendía.

El perro me persiguió durante unas cuantas curvas. Su calma inconsciencia me sumergió en un estado de angustia, y aquella angustia, de golpe, me llevó a ese lugar en el que hace tiempo que no me atrevo a entrar.

Hay un lugar dentro de mí en el que, como en algunos barrios de ciertas ciudades, solo me atrevo a entrar de día; un lugar que me obliga a elegir otros caminos con tal de evitarlo.

La expresión *trazar el mapa del miedo* proviene de otro campo semántico —el de los animales— y hace referencia a la forma en la que algunas especies evitan ciertos espacios que no son seguros para su supervivencia. En muchas ciudades del mundo las mujeres han trazado estos mapas para defenderse de los hombres, que, en teoría, pertenecen a su misma especie.

Decidí no entrar. Pero entré.

Menos mal que me salvó el ruido de una motosierra.

Dos hombres jóvenes troceaban un enorme roble caído.

Las sombras de las ramas del árbol recién cortado seguían en la carretera.

Pegué un volantazo y a duras penas conseguí esquivarlas.

En la ventanilla, antes llena de mar, desfilaban ahora uno tras otro los fresnos, las hayas, los pinos y los robles. Dentro del bosque, entre los troncos y las piedras que miran al norte, el musgo crecía sin cesar en ese ritmo lento y subversivo propio de la naturaleza.

Entre los tristes pinos *insignis* y los secos eucaliptos, las hojas de los robles y hayas que temblaban al sol en el claroscuro del bosque parecían panfletos haciendo apología del adjetivo *verde*.

Los árboles, según avanzaba la carretera, abandonaban el bosque y aparecían más adelante aislados, aquí y allá, entre las anchas praderas.

Aunque le estaba costando, el sol casi había conseguido ocupar por completo la mañana.

Al otro lado de la carretera, en los cultivos, se extienden infinitas hileras de oro verde. También los primeros brotes de pimientos *ecológicos*, que crecen en pequeños paquetes de plástico, regados por tubos de plástico y una cisterna de plástico bajo la enorme cubierta de plástico del invernadero.

Y allí, entre el mar de plástico, temporeros de al menos tres continentes diferentes seguían agachados y agarrados a la tierra, algunos desde el hemisferio opuesto que los vio nacer.

El dolor de huesos y la depresión son las enfermedades más comunes entre la gente emigrante. Al escuchar lo del dolor de huesos, por la deformación poética, una se hace la idea de un dolor parecido al de los árboles arrancados de donde nacieron y crecieron; pero, por desgracia, no se trata de algo tan poético: les duelen los huesos porque se parten la espalda en los trabajos físicos más duros y exigentes.

Lo de la depresión sí podría ser poético o literario; en psicología se denomina *síndrome de Ulises* a todos los males que la palabra *tristeza* propia del inmigrante, sintetiza: la extrañeza o el extrañamiento, el fracaso, la soledad o el terror.

Además de los dos males ya citados, hay otro que es común entre los emigrantes: *el saturnismo*. Una palabra muy evocadora, aunque su definición en el diccionario me decepcionó tanto que no voy a escribirla aquí.

ERA UNA MUNDANA MAÑANA de miércoles a este lado del sol. La mayoría de los niños estarían en la escuela, y la gente en sus trabajos viviendo esas horas y días que ocupan la mayor parte de la vida sin que una se dé cuenta.

En las clases de literatura, cuando trato de explicar a mis alumnos adolescentes el concepto de *la fugacidad de la vida*, siempre me viene a la mente la profesora de literatura que nos lo explicó siendo nosotras adolescentes. Entonces no lo entendí, y tampoco mis alumnos lo entienden ahora. No me extraña: aún no piensan en todas esas horas, días, meses y años que, ya de mayor, eres incapaz de distinguir y que han quedado aniquilados por el tiempo y la rutina en una sima inmaterial.

A lo lejos, en un ancho prado, un tractor iba y venía recogiendo la hierba segada. Los agricultores ya le habían robado a la tierra una segunda cosecha de hierba aquella primavera.

Al lado de la carretera había dos fardos de plástico negro y, en su interior, dos campos enteros de hierba recién cortada en la que fermentaban tardes lluviosas y soleadas, el frío de una nevada tardía, tres víboras, dos lunas, unos huesos de cereza y un ratoncillo salvaje.

Tras los fardos de plástico, un campo dejado en barbecho.

En un contexto *land art*, el concepto *barbecho* siempre me ha parecido muy propio para una intervención psicológico-estoicista que se debería utilizar en las consultas de psicólogos y psiquiatras: dejarlo estar.

Se iluminó el teléfono silenciado. Leí el nombre de mi madre en la pantalla: AMA.

Una llamada que es un cordón umbilical inverso.

Te veo en casa, sola.

La última habitante en una casa vaciada en la que llegamos a vivir seis personas.

Eres la única superviviente de entre la gente que guardas en tus fotos.

En esas fotos, abrazas a personas que ya no existen.

El mundo se te ha acabado, y continúa la vida.

En pasos pequeños y rápidos, has llegado a pie hasta la luna. Según el cálculo que un día te hizo tu hijo.

Heredaste la belleza y la herida que heredamos de ti.

Curtida en infinitas horas de trabajo en las que una nunca se hace rica.

En esta vida, has consumido tres gatos y dos perros.

Nacimos juntas, tú y yo, solas en un día nevado.

Seguimos solas.

No sabría decir desde cuando, pero hace tiempo que te protejo de mí.

Eres mi maternidad inversa.

Para el resto de los mortales, en el ombligo cicatriza la nada; pero a mí me sigue supurando una cicatriz mal cerrada del cordón umbilical.

Ahora, ser hija es ser madre.

Y NUESTRO atávico vínculo es una vieja soga de esparto.

Una vieja soga de esparto, hecha de fibras entrelazadas que, a su vez, se unen a otras pequeñas cuerdas. Coges la fibra seca de una planta, la enredas y creas una ristra; unes las ristras entre ellas, hasta crear un cuerda.

Unida a otras cuerdas crea así una más fuerte y resistente. Cada grupo de cuerdas entrelazadas queda encerrado en la cuerda anterior, de manera que no hay vuelta atrás.

Al final, toda esa fibra entrelazada exponencialmente se convierte en una soga. La nuestra, la tuya y la mía, ha sufrido unos nudos en nuestras vidas de los que, a la intemperie de lo cotidiano, han surgido tres bultos de fibras viejas parecidos a los que dejan las heridas mal sanadas e infectadas. Esos nudos son ya parte intrínseca de la cuerda y no se pueden deshacer sin romperla del todo.

Una soga atada con fibras de lloros, miedo amniótico, angustia, soledad, oscuridad, alegría, vulnerabilidad, tacto, cuidado, luz, teta, sabiduría, musgo, amor, muerte, proyección, tiempo, expectativas, complejos, amistad, viudedad, decepción, sorpresa, leche, cuerpo, ambición, decepción, orgullo, vanidad, cárcel, lengua materna, verdad, mentiras, herencia, amiga, enemigo, hermano, propiedades, asas, deudas, apropiación, abuela, abandono, homosexualidad o nieve.

Mi madre me dio la vida y una lengua que no es mi lengua materna.

Y un paisaje.
Un paisaje de trigo.
Viajaba hacia ese paisaje aquel día.
Del verde al amarillo pálido.
Del musgo al trigo.

Me quedaba un kilómetro escaso para abandonar aquella carretera de montaña e incorporarme a la autovía. Ahora, la carretera descendía siguiendo el curso que trazaba el riachuelo en mi ventanilla derecha.

Al llegar al cruce, el riachuelo se diluye en el cauce del gran río, y yo en el tráfico de la autovía.

El río siguió su camino, pero yo tuve que pararme. Estaban limpiando el borde de la carretera. Había un pequeño semáforo que me hizo reducir la velocidad. A unos metros podía ver a un operario vestido de naranja, casco y buzo, que movía un brazo arriba y abajo con una efusividad mecánica y controlada. Me paré donde me indicaba.

Aproveché la parada para echar una ojeada al teléfono y, sin querer, me di cuenta de que el buzo no dejaba de subir y bajar el brazo. Era un autómata.

Estábamos solos él y yo en medio de un desierto de árboles.

He ahí un gran descubrimiento antropológico del capitalismo: un espantapájaros al que no hay que pagar ocho horas diarias. No se queja ni del frío ni del calor, no le duele el brazo. No hay peligro de que se una a un sindicato.

La espera se me estaba empezando a hacer larga. Seguía allí inmóvil con el brazo derecho levantado, sujetando una señal de *stop*. Y en la otra mano, que movía hacia arriba y hacia abajo, llevaba un trapo de color rojo. Me estaba empezando a poner nerviosa; no entendía lo que decía.

No sabía si estaba programado para hacer algún otro movimiento o si ese era el único que sabía hacer.

Por fin, apareció un coche que me hacía señales con las luces desde lejos, y, al acercarse, un joven sacó el brazo por la ventanilla mientras me hacía una señal de que pasara antes que él. Tengo que reconocer que la presencia de otro ser humano en aquella escena, que se alargaba ya unos cuantos minutos, me tranquilizó. Le dejé pasar y le seguí.

Me costó incorporarme a la autovía. Aquella mañana que ya era casi mediodía, los dos carriles venían llenos de camiones.

Al final conseguí incorporarme, dejé unos metros de distancia con un tráiler y me quedé tras él. No había más que camiones, y no tenía ninguna intención de adelantarlos a todos.

Había decidido tomármelo con calma, pero no era fácil. El conductor del camión que venía por detrás no paraba de gesticular y hacerme señales con las luces largas. Resistí, giré el retrovisor y conseguí sacar sus gestos airados de mi campo de visión. En pocos kilómetros la autovía se dividiría en tres direcciones, y siempre había poco tráfico en la que yo iba a tomar.

Al salir de la boca de un túnel, la belleza dolorosa de las ruinas industriales oxidaba los arcenes. Aunque el sol lo intentaba, no conseguía perforar la niebla que, tras los polígonos, los supermercados y los edificios, hacía el efecto irreal de una pantalla de croma.

Oculta tras la niebla, invisible, estaba la imponente montaña que despunta en el valle. Yo sí podía verla, porque conozco de memoria este paisaje, pero dudaba si el camionero portugués que llevaba delante la habría visto alguna vez. Quizás él solo había conocido el valle sin la montaña.

Bajo esa niebla, en las montañas y los prados, las yeguas, con sus largas crines contra el viento, seguían el trote ancestral y marcaban con latidos asincrónicos la atemporalidad del mundo. Una de las yeguas, con su crin enganchada en la alambrada de espino, acababa de conocer los límites de la propiedad privada.

De pronto, por el carril izquierdo, me adelantó un caballo blanco.

Alcancé a cruzarme con sus ojos asustados, que asomaban por la pequeña ventana del remolque en el que viajaba de pie. «Transporte de animales vivos», ponía en la pegatina del vehículo que avanzaba dejando entre el aire, contaminado de dióxido de carbono, una inequívoca señal del progreso humano.

El transporte de animales se debería de hacer por monte, en trashumancia. Y no en camiones.

Y los árboles... el paisaje. El paisaje también se puede transportar de un lugar a otro.

Un camión puede transportar un paisaje en un remolque, de la misma manera que yo lo llevo ahora mismo en la memoria.

Por detrás no alcanzo a verlos muy bien. Diría que son cuatro. El camión de delante lleva olivos en el remolque. Cuatro olivos viejos. Cada uno de ellos dentro de una bolsa grande de rafia blanca llena de doscientos cincuenta metros cúbicos —y nostálgicos— de la tierra en la que nació.

Me gustaría ver si tiene aceitunas. Diría que no.

Se podría decir que algo sé de olivos.

Hace unos pocos años heredé doce.

Doce olivos ancianos.

Y he heredado, junto con los olivos, la sombra de los jóvenes olivos que mi entonces joven abuelo de trigo plantó tiempo atrás.

Aquellos jóvenes olivos plantados por el joven que sería mi abuelo.

Año tras año, observando, podando y recogiendo sus aceitunas.

Hasta que la última cosecha le sobrevivió.

Después de muerto, se le siguen cayendo las olivas. Al olivo.

Y he heredado también el frío de esas olivas. El dolor del golpe al caer. Sin testigos.

El camión que llevo delante transporta un paisaje, y el paisaje me transporta a mí. Porque soy de musgo y de trigo. Trigo, olivos, cerezos y almendros.

Al cruzarse con otros camiones, aunque llevan las ramas atadas, se mueven con el viento. Y el viento me trae lo vivido no con mi abuelo, sino con el eslabón intermedio de la herencia; con su hijo, mi tío.

He pasado pocos días de mi vida en su vida. Y menos aún en su modo de vida.

Recuerdo el último de esos días. Guardo unas fotos.

¿Quién y cuándo decide sacar fotos de lo cotidiano? Antaño aceptaban hacerse una foto vestidos de domingo, pero dudo mucho que lo hicieran un día de faena. En cambio, mi tío entendió que aquella no era una foto suya, sino la foto de una vida. Posó manso y entendió también que, ese día, el viento se llevaba algo más que las hojas. Aquel resultó ser el último día que recogimos el olivar juntos. Lo vendió ese mismo año. Incapaz de gobernar dos olivares, decidió quedarse solo con el que había heredado de su padre y convertirse así, hasta el día de su muerte, en intermediario de los olivos que han llegado a mí.

Me sé la foto de memoria porque la saqué yo misma.

Pasamos tres días costumbristas recogiendo las aceitunas de aquel olivar. Ordeñábamos las ramas que estaban a mano, y vareábamos las de más arriba. Recogíamos las aceitunas que caían en unas redes viejas y raídas que parecían de pesca y las guardábamos en sacos de rafia. Las redes, los sacos, comparten una seca mancha del trabajo de años.

Pero en la red no solo cae la oliva; con la oliva caen también las hojas y las pequeñas ramas que apartamos con las manos, de manera que en la red solo quedan las olivas y las hojas. Después de comer, el trabajo consistirá en separar unas de otras.

A la hora de comer, aunque sopla un ligero viento, ese hombre que es mi tío consigue prender las pequeñas cepas que ha resguardado en un círculo de piedras. En sus brasas arderán las costillas de cordero que ha comprado por la mañana en la carnicería (evito la tentación de contar, para no excederme en la dosis exacta de mentira que necesita la autoficción para ser creíble, que, al amanecer, ha cazado una pequeña bestia a la que ha arrancado la piel y ha echado a las brasas).

Al acabar de asarlas, meará sobre las brasas.

Un fuego que ha encendido el hombre y ha apagado el animal.

DESPUÉS DE comer, el cierzo silba entre las ramas. Mi tío mueve dos cubos de aquí para allá. Dentro de cada uno ha metido una piedra y una retahíla de juramentos. A continuación, agarra el primero de los sacos llenos que descansan unos sobre otros, saca la piedra de un cubo y lo llena de olivas y hojas que caen pegadas unas a otras. El tiempo, que es un escultor hiperrealista, mimetizó a mi tío con el paisaje que pisaba, agachado en la recogida de la uva, las olivas, el trigo y los espárragos. Un cuerpo y un carácter gastados y rígidos, secos como las viejas cepas y los troncos de los olivos. Caminaba como si se enfrentara siempre contra un huracán.

En sus últimos meses de vida, arrastraba los pies yendo y viniendo por el pasillo, como si pasara el arado.

Se rascaba la espalda contra los marcos de las puertas y las esquinas de la pared, como hacen los animales contra los árboles, un gesto que bien podría venir de lo animal, o bien de haber vivido siempre solo.

Aunque es más viejo que el viento, y aunque sabe que ese viento siempre pega desde el mismo sitio, lo busca. Cuando reconoce la dirección, levanta el cubo hasta el hombro, que cada vez está más bajo pero le es más inalcanzable. Sujeta el cubo entre los pies y empieza a volcar con cuidado las olivas.

En el trayecto que va desde el cuello hasta el cubo, el viento se queda con las hojas. Las primeras olivas que caen en el cubo de abajo suenan a granizada. Poco a poco, lo que en el cubo de arriba es una mezcla de oliva negra y verde hoja, se convierte solo en oliva negra en el de abajo. Con mucho cuidado, mi tío vacía el cubo en un saco de rafia. No repara en el tráfico que esa tarde pasa por la autopista que hay junto al olivar; tampoco en la hoja que se ha quedado pegada a la luna delantera de un coche negro.

Me pareció fascinante el método, la eficacia, el resultado. Método que intento aplicarme paseando frente al mar los días en que sopla fuerte el viento y yo no quepo en mí misma.

Hoy en día, limpiamos las olivas con cierzo artificial en un trujal cooperativo construido en la República con sudor de aceituna y sangre.

El teléfono me avisó de que se estaba quedando sin batería. Se me olvidó cargarlo la víspera, como de costumbre, y recordé que el mechero del coche —que también había cumplido con su obsolescencia programada— no funcionaba.

Tenía que parar y, como también iba a tener que echar gasolina tarde o temprano, pensé que podía hacer las dos cosas mientras comía algo. Lo más difícil iba a ser cargar el móvil.

Somos animales que cada tantas horas necesitamos un enchufe.

Para cuando me había dado cuenta, la autopista cruzaba ya un paisaje vasto y amplio. Conforme avanzaba, el cielo se iba ensanchando y las montañas, cada vez más separadas entre sí, dejaban lugar a anchos pastos y generosos campos de cultivo.

Poco a poco, el verde de los árboles y los campos iba perdiendo su intensidad. No había mucho tráfico y conducía más rápido. Vi un tren alejarse nada más alcanzarme. Los raíles dibujaban una interminable línea enfrente, y el tren, al pasar por ella, subrayaba el mundo.

Me miré la mano izquierda. Llevaba algo escrito en ella y, por primera vez en la vida, las arrugas que me estaban saliendo en las manos me impidieron entender lo que ponía.

Me sentía en un pliegue del tiempo.

Hacía más de diez años que el tiempo me había hecho un raro pliegue en la vida. Escribí esto el día que cumplí cincuenta años: «Hace casi diez años que soy mayor que mi padre».

SOY DIEZ AÑOS MAYOR que mi padre, dicho de otra manera.

Soy cada vez mayor que mi padre o él es cada vez más joven.

En la mejor de las previsiones, si yo llegara a cumplir ochenta años, sería la hija de un padre que podría ser mi hijo.

Se me ha encanecido el pelo de ambos.

Conservo una foto en la que soy una niña pequeña en un día soleado en la playa de la Concha de San Sebastián. Tendré unos dos años.

Como un Cristo crucificado, a duras penas llego a agarrarme a las manos de mi padre, que está a la izquierda, y de mi madre, a la derecha.

Toda fotografía captura un momento y una época. En esta, si mis pequeños brazos fueran las agujas de un reloj —y a juzgar por la manera en la que el sol quema la foto— podrían ser las dos menos diez del mediodía. Ese es el momento, el tiempo exacto de esa imagen. La época es la de la felicidad; la de mi padre y mi madre. Yo aún era hija única.

Y al mirar la foto ahora, más de cuarenta años después, me doy cuenta de que soy el nexo entre dos tiempos: uno en el que mi padre tira de mi brazo derecho hacia atrás, y otro en el que mi madre tira de mi pequeño brazo izquierdo hacia adelante.

En esa foto, mi padre y mi madre se llevaban dos años.

Ahora se llevan más de cuarenta.

Mi padre es cada vez más joven y mi madre es cada vez más vieja.

De hecho, mi padre es ahora el más joven de nuestra familia, y mi madre es la anciana viuda de un hombre joven.

Madre de dos niños viejos que tuvo con él.

PD: Padre, has dejado una duda, una entre otras muchas, en este mundo. Tus amigos ancianos de la infancia me dicen que las marcas que tenías en la cara eran de una rata que te mordió cuando estabas dormido en la cuna.

Explicado con la poética de las matemáticas:

$$\tau = \{\tau_n\}_{n\in\mathbb{N}} \qquad \lambda = \{\lambda_n\}_{n\in\mathbb{N}} \qquad \mu = \{\mu_n\}_{n\in\mathbb{N}}$$

$$\tau = 1, 2, 3, 4, \dots \qquad \lambda = 0, 0, 0, 0, \dots \qquad \mu = 0, 0, 1, 2, \dots$$

$$\exists k \in \mathbb{N},\ \forall n \geq k,\ \lambda_n - \tau_n = 10 + n - k$$

$$\lim_{n\to\infty} \lambda_n = l,\ l \geq 80 \ \Rightarrow\ \exists\, k_1, k_2 \in \mathbb{N},\ \lambda_{k_1} - \tau_{k_1} = \tau_{k_2} - \lambda_{k_2}.$$

$$A_{t=2} = [-7.6, -5.1] \times [7.6, 5.1] \subseteq \mathbb{R}^2$$

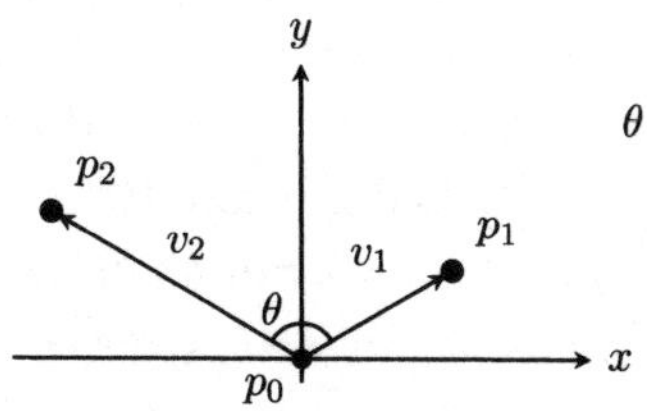

$$\theta = \arccos\left(\frac{v_1 \cdot v_2}{\|v_1\|\|v_2\|}\right) = \frac{2\pi}{3}$$

$$A_{t>>2} \subseteq \mathbb{R}^2$$

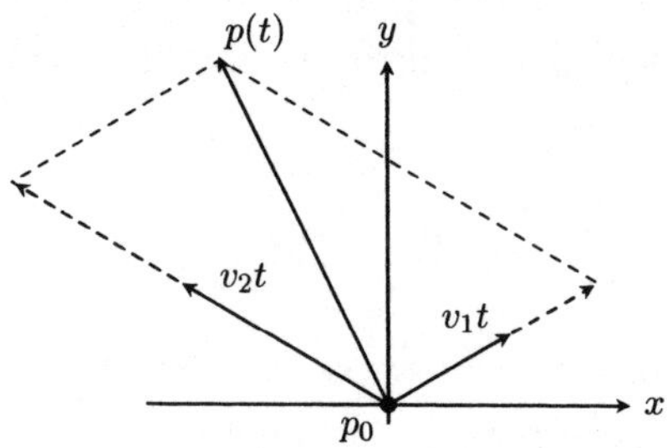

$$p(t) = p_0 + t(v_1 + v_2)$$

$$\exists\, j, h \in \mathbb{N}:$$

$$\begin{cases} \lambda_i \leq \mu_i \leq \tau_i, \tau_i - \mu_i = c_1, \tau_i - \lambda_i = c_2, & j \leq i \leq h, \\ \tau_i - \mu_i = c_1 + h - i, \tau_i - \lambda_i = c_2 + h - i, & h \leq i. \end{cases}$$

$$i = h + 40 \Rightarrow \tau_i \leq \lambda_i \leq \mu_i.$$

Hoy el verde del paisaje miente.

Es primavera, y el trigo verde parece una inmensa pradera que los campos de colza amarillos, esparcidos aquí y allá, subliman.

En un par de meses el paisaje se volverá color tierra, seco.

En el bolsillo de la puerta de la conductora, hay desde hace tiempo un mapa mal doblado. Está totalmente obsoleto. La autopista por la que viaja ahora mismo no existe. Hay gente que vive en la cartografía imposible de ese mapa mal doblado, en los nombres de los pueblos y ciudades que aparecen y desaparecen en los paneles azules de la carretera. Según el mapa, ahora mismo el mar Cantábrico ahogaría los olivos, pueblos, montes, viñas, carreteras y campos abandonados que alcanzo a ver desde el coche.

Tras una ancha hilera de chopos, se esconde a lo lejos una de esas ciudades escritas en el mapa. Una mujer que vive en un segundo piso de los últimos edificios de la ciudad ha tenido que dejar fuera del contenedor —lleno a rebosar— una bolsa de basura repleta de residuos de vida sin clasificar. Esa misma noche, los jabalíes que viven cerca esparcirán los restos domésticos de la mujer trabajadora; restos que hablarían muy a su favor en un test criminológico o poético, siempre y cuando no aparecieran entre la basura los treinta y siete trozos de papel —ella quiso romperlo en mil— en los que se esparce la evidencia en morfemas y lexemas como *al, sión, per, def, pe, alqui, nal, prov, ci, so, ler, del, iodo, vi, res, initiv, a del, ision, de, al.*

VOLVÍ A mirarme el ilegible *DENT* que llevaba escrito. Me volvió a impresionar lo arrugada que tenía la piel de las manos.

En mi último cumpleaños me había prometido que cada año envejecería solo un año.

DENT. Tenía que llamar a la dentista y pedir una cita para probarme el implante.

Esa mañana soleada nacerán más de doscientas mil vidas en este mundo. La chica pálida y delgada que trabaja en el crematorio —y a la que le duele la cabeza por alargar más de la cuenta las cervezas de la noche anterior— espera a que se incinere el cuerpo. El horno tardará tres horas en quemar y desintegrar, a ochocientos grados, todos los huesos.

Como le ha tocado el cambio de turno, no sabe si hay alguien sentado en la sala de espera que hay delante de la puerta de cremación. No ve a nadie y mata el tiempo leyendo un libro de poesía del siglo pasado hasta que suene la alarma.

Cuando se apague la luz roja intermitente, las cenizas habrán caído a la bandeja metálica que está bajo el horno. Las dejarán allí hasta que se enfríen.

A continuación, y antes de introducir las cenizas en el cremulador que las reducirá aún más, la joven empleada del tanatorio, desganada y masticando un chicle, separará con una alargada cuchara de acero los distintos materiales utilizados en vida para reconstrucciones o rehabilitaciones, como el titanio de los implantes.

Hay más. De entre las cenizas, apartará con unas pinzas cuatro tornillos de unos diez milímetros y una pequeña placa. Las guardará en una caja de acero, junto con el resto de trozos de metal que han recogido este mes.

Todas son distintas, pero todas son de titanio. Al parecer, las reciclan en la industria aeronáutica. O eso es lo que le han contado.

Pero hoy todavía soy carne.

El hecho de haber nacido donde nací, un día nevado de invierno, y haber sobrevivido entre la maleza del camino de la vida con cinco implantes dentales y una rotura de tibia y peroné, me hace pasar por una mujer canosa de mediana edad. Si fuera más pobre o hubiese nacido en otra parte del mundo, sería una mujer vieja, con la cara hundida en los huecos de los dientes perdidos y unos gruesos labios cosidos por el frío de la vida, pequeña, gorda —libre del perímetro de la talla 38—, torpe y coja. Una mujer que, con el pie que arrastra a duras penas, borra violentamente el hilo plateado que ha tardado horas en dibujar una babosa sobre el asfalto gris y mojado.

Me había levantado muy temprano aquella mañana y la carretera también se me estaba empezando a hacer pesada. Tenía los ojos quemados. Tras la gafas de sol, en el autorretrato que me devolvía el retrovisor, el tiempo seguía cincelando las arrugas en las comisuras de mis ojos.

Un día concreto, que no puedo señalar con exactitud, me levanté con mala cara y cansada; se me ha quedado ese aspecto para siempre. Estaba cansada. Empezaba a estar siempre cansada.

En la autopista, la mayoría íbamos solos.

Íbamos o volvíamos, porque en la misma dirección se puede ir o volver.

Desde la carretera veía el intenso verde de los campos de trigo; luego, en verano, se convierten en un pardo paisaje de color espiga que parece una cama deshecha por pisadas y senderos, como si en ellos se hubiera librado una batalla entre bestias que se persiguen y se devoran.

Un poco más adelante, sobre el quitamiedos que divide la autopista, un buitre espera atento a que un coche se estrelle contra un jabalí o una yegua, y así seguir la inalterable cadena trófica de las especies.

No quedaba mucho para llegar a la casa, pero prefería comer cualquier cosa que cocinar algo al llegar.

Lo mejor sería parar.

Faltaban pocos kilómetros para la siguiente área de servicio; esos no-lugares pensados para que la gente de clase media pueda satisfacer sus necesidades fisiológicas, carbono-eléctricas y fósiles.

Entre los trigales y maizales, un apéndice de la carretera; hay que reconocer que esas estaciones de cemento y metacrilato resplandeciente sintetizan nuestras necesidades capitalistas de supervivencia; valdrían como zona de refugio en caso de necesidad.

Entré en el restaurante y, tras volver del baño, me senté a comer en una mesa al lado de la ventana. Cada ingrediente de la ensalada plastificada que había pedido podría narrar su propia y salvaje historia de librecambismo.

En una entrevista a un periódico, una bióloga dio la respuesta más poética que se puede dar a un tema tan político: «Deberíamos comernos el paisaje que nos rodea».

Tenía mal cuerpo. Se me había puesto mal cuerpo.

Mientras esperaba a pagar el menú prefabricado del autoservicio, reparé en una pareja que hacía cola delante de mí. Eran jóvenes. La verdad es que lo primero que me llamó la atención en ellos fue el dibujo en la camiseta azul del chico. En la parte delantera, en blanco, la famosa huella de Neil Armstrong. Un poco más hacia el hombro, la imagen de un astronauta que imaginé que sería el mismo Armstrong y, en la parte izquierda, un cráter.

¿Le interesaría la astronomía a ese chico? ¿Se compraría la camiseta por el dibujo, sin más? ¿O por el color?

Inmersa en pensamientos tan profundos, reparé en que el de la camiseta agarraba demasiado fuerte el delgado brazo de la chica que lo acompañaba. Aunque estaban muy cerca, no entendí lo que él le dijo de manera silenciosa y violenta.

La chica volvió avergonzada la vista y vio tras ella a una señora que rondaba los cincuenta años, pequeña, canosa, vestida de negro y con una ensalada de pollo en una mano y una cerveza en la otra. Trató de capear la situación con una sonrisa forzada y le dijo algo al chico. Este no le hizo ni caso, y cuando la joven, sin poder soportar el silencio, volvió a decirle algo al chico, este le ordenó con una mirada llena de ira, y sin mediar palabra, que se callara de una puta vez. La chica empezó a cavar un hoyo con su pierna derecha, como hacen los perros en la playa, para intentar escapar.

Al llegar a la caja, el chico, mientras insertaba la tarjeta en la máquina, ofreció la más seductora de sus sonrisas a la joven rubia que atendía en el mostrador. Sacó la cartera y alargó todo lo que pudo la ceremonia del pago. Buscó mientras lo hacía la complicidad de la chica que le acompañaba. Y la encontró.

Detrás de mí había una pareja de jubilados franceses hablando del precio de la botella de vino que habían cogido. Y, una vez más en esta vida, tuve la sensación de ser la única testigo de aquella íntima guerra mundial.

Para evitar la escena, me senté de espaldas a la pareja, al lado de la gran cristalera: un rato antes era el paisaje el que cruzaba delante del coche, y ahora eran los coches los que cruzaban el paisaje.

Desde donde estaba sentada podía ver mi coche en el aparcamiento. Es un coche hermoso, pero siempre está sucio, marcado y desordenado. Nos hemos hecho muchos kilómetros la una al otro. Pienso que eso que se dice de que los perros y sus dueños acaban por parecerse, es también aplicable a los coches y sus propietarios.

Por eso no me costó mucho adivinar de quién era el coche rojo e hipertuneado que estaba aparcado junto al mío.

En la mesa de al lado dos camioneros rumanos estaban tomando un café. Las palabras *pierde, dormi* y *miercuri* que creí entender en su conversación, eran signos compartidos de un rastro violento y etimológico de la romanización.

De nuevo me acordé de la chica.

Miré hacia atrás. Me encontré con sus ojos difuminados tras el humo de los dos cafés que traía en las manos. El chico —sentado con las piernas abiertas, y, entre las manos, en el centro, su teléfono— no levantó la cabeza al notar el olor del café y del perfume de la chica.

La chica reparó en que la mujer que antes estaba detrás de ellos en la cola con una ensalada de pollo y una cerveza sacaba algo del bolso. Era un cuaderno. Vio que escribía en él y que arrancaba la hoja. Luego la vio coger su chaqueta vaquera negra y dirigirse hacia la puerta. Le pareció que la mujer tenía un andar raro; no diría que era coja, pero tampoco lo contrario. Caminaba como ladeada, como si intentara rectificar la inercia del giro de la tierra.

La puerta de cristal se me abrió de par en par. Me dirigí directamente hacia el coche rojo, doblé la hoja y la dejé atrapada en el parabrisas del conductor. No dudé ni un segundo quién conduciría el coche; por eso la dejé en el lado del conductor:

«El feminismo: un pequeño paso para el hombre, un gran paso para la humanidad».

Al acercarme a mi coche, vi que yo también llevaba algo en el parabrisas derecho: una pegajosa hoja de olivo. La dejé donde estaba. Entré al coche y me abstuve de mirar el teléfono que, solo durante aquella mañana, había acumulado un montón de mensajes. El móvil que siempre llevo silenciado y del que, también aquella mañana, emergía un insoportable ruido social.

Antes de arrancar, y bajo la excusa de que tenía muy poca batería en el móvil, hice una llamada breve a mi madre —«Luego te llamo, *ama*»—, consiguiendo así unas cuantas horas de libertad provisional.

Al encender la radio, la música clásica inundó todo el entorno. Más adelante, en el retrovisor izquierdo, vi un coche rojo pequeño que poco a poco se hacía más grande. Por un segundo tuvimos el mismo tamaño, hasta que se volvió a encoger poco a poco y desapareció.

Las nubes pequeñas y caprichosas se movían como en un *time-lapse*, y la luna delantera se tragaba el cielo al avanzar. Siguiendo con los recursos lunáticos, el paisaje que tenía delante bien podría ser el que describió, casi de forma poética, Buzz Aldrin cuando llegó a la luna –«una gran vista, una gran desolación»–, sobre todo en las quietas sobremesas de verano en las que, entre el estruendo de las cigarras, tiembla y se destruye la línea del horizonte.

El paisaje es demasiado ancho; abarca demasiado, tanto para la vista como para la memoria. La única manera de escapar de él es poner distancia, ya sea en el espacio o en el tiempo. Ese es el único refugio: la distancia.

Una bandada de palomas entraba y salía del encuadre de la luna delantera, una veintena de palomas contra un cielo cada vez más azul. Cuando venían hacia mí eran totalmente blancas, y al girarse, se volvían totalmente negras, como si el cielo fuera de terciopelo y alguien pasara la mano sobre él cambiándolas de color.

Ensuciaban la bucólica estampa las aspas blancas de los molinos de viento y las negras placas solares que se esparcían entre los olivares, los campos de trigo y los árboles frutales; inequívocas señales de que ya habitábamos en la distopía que tanto temíamos.

Estaba llegando al pueblo. Me di cuenta de que estaba pensando en la cita del día siguiente. Me empezaba a poner nerviosa.

El pueblo asoma tras una colina manchada de verdes viñedos y tierra rojiza. Las casas más antiguas están hechas con piedra de viña y, junto con la mirada también de color tierra de sus habitantes, se funden con el entorno. La parte trasera de nuestra casa da a la carretera que rodea el pueblo. Aunque hace años que fue a la chatarra, el Renault amarillo de mi tío sigue apareciendo junto al garaje en la foto de Google Earth. Aparqué mi coche —en el que se podían apreciar pequeños restos de musgo en las juntas de goma de las ventanas— en el hueco que había dejado el de mi difunto tío.

La casa tendrá unos cien años.

Construida —además de trigo, de uva y de olivos— de cerezas, promesas, espárragos, albaricoques, muerte, tomates, silencios, cebada, maíz, cebollas, almendras, sueños, albérchigos, cerdos, pollos, huevos, madera, cemento, piedra, arena y reuniones clandestinas republicanas.

Si la dividiéramos en tres partes, podría ser una persona. Los pies descalzos del corral, fijados en la tierra que subyace bajo la antigua urbanización del pueblo. Una casa de dos puertas que, junto a las demás, pisa en el casco antiguo del pueblo la arena y la tierra sedimentadas durante siglos. El tronco de la casa, con sus habitaciones, el baño, un pequeño comedor y la cocina con su chimenea (me voy a tragar la tentación de la cutre metáfora del fuego). Y, subiendo por las escaleras, vértebra a vértebra, el granero.

Ahora el granero es memoria. En un tiempo fue inteligencia, planificación, estrategia e ideología.

En una piedra falsa de la pared —un escondite hecho con habilidad y miedo— se oculta una hoja doblada; en ella, escritos a lápiz, los nombres de doce jóvenes cuyos apellidos caben en una combinación de cinco. Junto al papel, un pasaporte de la Segunda República con el que el hermano de mi abuela pudo escapar a América. «Se fue sin nada, con lo puesto», dirían en el pueblo. Eso es lo que él hubiese querido: irse sin nada y no llevarse con él, escondido tras sus ojos, el suicidio de su hermano.

Ahora el granero es memoria. Memoria desordenada y llena de polvo. Llena de trastos que cuentan tantas cosas que tu ignorancia no entiende.

Una incomunicación.

Un desgarro en el tiempo y en el espacio —en tu caso en muy pocos años— respecto al modo de vida de siglos y siglos.

Abrí la gran puerta de madera de la parte trasera de la casa y bajé al patio. Cogí el escobón y retiré tres o cuatro palomas muertas para no pisarlas con las ruedas. Metí el coche, cerré la puerta con llave y subí hacia la terraza que compartíamos con las palomas, vencejos y gorriones, intentando sortear sin éxito los restos de muerte, ausencia y excremento que, en su corta vida, también dejan tras de sí.

Los descendientes de los y las que libraron otras grandes guerras libran hoy una nueva: la guerra contra los pájaros, sobre todo contra las palomas —ratas con alas, les llaman ahora— y también contra los vencejos y los gorriones. Las aves se comen el cereal de los campos colindantes al pueblo y anidan en casas abandonadas como la nuestra, donde se resguardan de los inviernos helados y los tórridos veranos.

Subí a airear el granero y, al abrir la ventana, vi que los vecinos habían puesto en el balcón un búho gigante de plástico. Ya había visto antes una bandada de esos búhos, apilados en una gran caja, con los ojos abiertos y mirándose unos a otros como asombrados; fue en unos grandes almacenes de bricolaje en los que, aunque parezca increíble, se encuentran las soluciones para reparar la infinidad de cosas que a una se le rompen en distintos planos de la vida.

Me acordé del espantapájaros mileurista de aquella mañana.

Nosotros en casa no nos poníamos de acuerdo sobre qué táctica seguir en esa guerra. De momento, habíamos accedido a poner unas jaulas-trampa que el mismo ayuntamiento colocaba en las casas. Las cazaban vivas y, luego, se las echaban de comer a las rapaces holgazanas de un parque temático que habían montado a pocos kilómetros de allí.

Me quedé en el granero. Lo dejaría para el día siguiente. Tenía pocas horas para decidir qué hacer con aquel montón de cosas que, más que guardadas, quedaron apiladas de forma incoherente durante tantas horas, días, semanas y décadas. La verdad es que, más que decidir qué hacer con ellas, tenía que decidir cuáles salvar.

(Por la parte de la familia paterna no habíamos tenido tanto trabajo. La única propiedad en herencia fue un panteón lleno de respuestas y huesos; y la responsabilidad de cortar y limpiar, cada víspera de Todos los Santos, el musgo y los hierbajos que crece en las comisuras de las grandes losas de piedra).

Pero por fin habíamos tomado ya una decisión.

A las diez de la mañana del día siguiente tenía una cita con los trabajadores.

NOTÉ QUE el sol empezaba a descender. Bajé a la cocina reformada, que se encontraba a unos ochenta años de distancia del granero. Encendí el frigorífico y metí los víveres para la cena y el desayuno del día siguiente. Para acabar de mimetizarme completamente con la atemporalidad de la casa, me puse las viejas ropas de cuando era joven. Salí a la terraza y, desde allí, descendí por las escaleras hasta el patio o antiguo corral. Saqué el coche y, con el escobón, empecé a poner de mi parte para ganar la guerra más sucia de todas las guerras.

Mierda seca, crías de pájaros muertas, plumas, fetos, cáscaras de huevo, huesos de aceituna, abortos dentro de huevos abandonados. Recogí todo, lo metí en un par de bolsas de basura y, tras tirarlas en el contenedor del final de la calle, volví a meter el coche en el corral.

Para cuando me di cuenta, estaba empezando a anochecer.

Ni con el paso del tiempo había logrado anticipar ese abismo tan profundo en el que, aún hoy, suelo caer a esa hora del día; así que volví a cambiarme de ropa y salí a correr.

Cogí el camino del olivar. Era el tiempo de curar los olivos, de ayudar a cicatrizar las heridas de la poda. Los trabajadores marroquíes se estaban cambiando de ropa y montándose en las furgonetas. Eran mucho más jóvenes que yo, pero estaban más cerca de esos árboles, de esa tierra y de esa vida. La distancia, en este caso, se podría medir en otra materia.

Se me acercaba de frente un tractor escondido en la nube de polvo que él mismo creaba.

Un filtro ocre oscuro cubría todo el camino, las flores, las plantas y las furgonetas blancas de los trabajadores: un paisaje que, por el monocultivo de las grandes multinacionales, se está convirtiendo de nuevo en latifundio.

Pasó el tractor, la conductora me saludó y se perdió entre los infinitos ringles en los campos sembrados. Desde lejos, el tractor parecía un insecto gigante.

El latifundio de nuevo. Una guerra perdida en diferido para la generación de los agricultores repúblicanos, entre ellos mis abuelos.

Ralenticé el paso y llamé a mi madre para hacerle una descripción caótica, impresionista y rápida del atardecer y de su propio paisaje.

También aquí se está vaciando la parte vieja del pueblo para habitar las afueras.

Sin acuerdo alguno, ni estético ni arquitectónico, parecía el catálogo de una agencia inmobiliaria; casas singulares y aisladas, de nueva construcción, que marcan y amplían los límites del pueblo y el campo.

En uno de esos chalets, un hombre joven regaba el pequeño trozo de césped artificial de la entrada. Un muro de seto, también artificial, rodeaba toda la casa; bajo el porche, dos ventanales de plástico que imitaban el cristal se abrían sobre unas baldosas con falsas vetas de madera; y, por si fuera poco, unas placas de gres envolvían toda la parte baja del edificio como si fueran piedra antigua.

Por un breve momento dudé de si se puede vivir una vida real en una casa como esta.

Tomé el camino que rodea el pueblo para volver a casa y entrar por la puerta del garaje. La puerta principal da a la calle, y corría el grave riesgo de toparme y tener que saludar o incluso hablar unos minutos con alguna conocida o conocido, teniendo así que abandonar mi absurdo caparazón.

Le envié un mensaje a mi hermano —un hombre al que sigo llamando con un diminutivo— contándole lo de la cita del día siguiente.

Un hermano.

COMPARTIMOS MÁS O MENOS el cincuenta por ciento del ADN y de la vida; hemos vivido una infancia igual, pero no la misma. Entre los bienes y los males heredados por ambos, la genética nos ha trazado unas facciones, piel y pelo que podrían ser de otra etnia o raza.

Una vida igual, pero no la misma.

Lo amo desde las entrañas.

Unidos desde que nacimos en la cosmología propia del amor familiar; víctimas secundarias de la alegría y el dolor interdependientes de aquellos a los que queremos y nos quieren.

Narradores subjetivos de lo que llamamos *nuestra historia* y de los pequeños —y abismales— detalles que se pierden entre las grietas semánticas de los verbos *ser* y *estar*.

Me duché, preparé la cena, y me dispuse a diseñar y planificar los detalles para enfrentarme a la noche de insomnio que ya preveía.

No conseguía estar sola en aquella casa vacía.

Cogí el ordenador, una revista atrasada y me senté encima de la cama.

Pasé con pereza e indolencia por las interesantísimas entrevistas y columnas de opinión, por las conmovedoras fotos y titulares incendiarios.

Dejé la revista y abrí el ordenador.

Llevaba años suscrita a un periódico y a un semanal político. Suscrita a la realidad. Pero en los últimos tiempos me he suscrito, yo también, a la ficción, a la hiperrealidad, al consumo de ficción de las plataformas globales que, en los adultos, mantiene el efecto narcótico del cuento nocturno de la infancia.

Ese personaje que vive una vida demasiado parecida a la tuya —incluso una policía, por ejemplo— con la que empatizas y te identificas en las malas decisiones que toma en su ficticia vida íntima; esa bella mujer fuerte y rubia a la que lames los labios y los pezones con los ojos, que te sumerge en la niebla del deseo, con una mano bajo la braga que palpa y acaricia tu clítoris hinchado y mojado.

Un orgasmo profundo y solitario que esa noche tiene más de lorazepam natural que de placer, y que te dejará durante dos días una ligera molestia que no llega a ser herida. Los segundos anteriores, que huelen como a infidelidad amarga y ligera, te vi en nuestra cama, dormida boca a abajo, como agarrada a la tierra, bajo tu melena rizada y morena. Ajena al terremoto de estrellas que se acababa de producir a millones de años luz; rodeada por las pocas luces blancas y rojas que a esta hora giran a tu alrededor en la circunvalación de la ciudad; inmersa en tu tranquilo sueño, confiada en el protocolo de alerta tóxica de una posible explosión en la fábrica petroquímica que está a unos seiscientos metros de nuestra casa.

La alarma sonó temprano, pero ya estaba despierta.

Preparé el desayuno y salí a la terraza con el café y las tostadas.

Al sentirme, dos palomas salieron volando de debajo del tejado que tenía enfrente.

Aquella terraza, más que al exterior, da al cielo. Unos cuatrocientos metros cuadrados de cielo propio.

En los atardeceres de verano que pasamos en esta casa, observé que las aves establecen su propia jerarquía a la hora de volar: los vencejos, por ejemplo, casi rozan los tejados en sus vuelos rápidos y fugaces; las palomas vuelan de forma más pausada mientras van de una casa a otra; más arriba, sobrevuelan la terraza de vez en cuando un buitre o un milano. Y, más arriba aún, en el cielo casi siempre azul de este paisaje, la estela que dejan los aviones conecta ciudades y personas.

Aquella fresca mañana, los vencejos agarraban y estiraban hacia arriba la capa de niebla.

Subí al granero.

Me rebasaba el caos acumulado durante tantos años. Nada más entrar, a mano derecha, se apilaban bajo plásticos y sábanas los antiguos muebles que, en la última reforma de la casa, alguien guardó provisionalmente para siempre.

Bajo una tela, vi asomar las patas de una silla. La destapé. Estaba forrada de un precioso terciopelo verde como el de la cáscara que protege la almendra en verano. Me pareció que en casa de un agricultor republicano en la posguerra, esa silla representaba un ligero desliz hacia el pecado burgués del lujo; un momento de debilidad entre la necesidad y el deseo, según los cánones del interiorismo de la época.

Retiré una sábana que algún día fue blanca y me encontré a mí misma reflejada en un antiguo espejo lleno de manchas negras. Me vi con el pelo cano y recogido en un moño y, si creyera en ese tipo de estupideces esotéricas y retrógradas, podría escribir ahora que vi representada en el espejo la viva imagen de alguna antepasada —quizá mi abuela o mi bisabuela—, pero no es el caso.

No sabría describir muy bien el estado, entre la ansiedad y el miedo, en el que me sumergían todos aquellos trastos amontonados.

En la esquina donde se reclina el tejado, había una mesita de noche que recordé haber visto de pequeña en la habitación del tío. Casi me muero del susto al abrir, por curiosidad, la pequeña puerta de abajo de la mesilla. Un par de ojos brillantes me miraban fijamente. Era una ardilla. Disecada.

Agarrada para toda la eternidad a una piña y a su rama. La antítesis de la eternidad del león de Arrikrutz. La piel y los huesos.

Tenía el pelaje envejecido, seco y tieso. Supuse que, aun estando bastante lograda la pieza entera, el trabajo más difícil del taxidermista habría sido seguramente intentar atrapar el alma del animal en aquellas dos pequeñas canicas que me miraban fijamente.

El alma y el estado de ánimo. Me atrevería a afirmar que la ardilla de la mesita de noche tenía un error semiótico en la mirada, entre atenta y asustada.

Dejé la zona en la que estaban los muebles y me puse a mirar la parte más ancha y amplia del granero. Calculé que un tráiler cabría sin ningún problema en él. Todos los metros cuadrados y cúbicos del granero estaban llenos de muebles, herramientas de trabajo e infinidad de objetos cuya utilidad yo desconocía: el suelo, las paredes y hasta el aire, con todas aquellas cosas colgadas de una viga que lo atravesaba de lado a lado.

Me causaba angustia.

Si eligiéramos algunos de de esos objetos, los limpiáramos y los recolocáramos de forma ordenada con el granero despejado, parecería uno de esos museos etnográficos que tanto han proliferado y que tan poco me interesan.

Aunque creía que podría mirar todo ese caos recibido como herencia de una forma *no participante* —así lo define la antropología—, había algo, un pequeño y sucio detalle, que me unía a algunos objetos: tenían marcas de uso; manchas en las asas de las cestas de mimbre, en los mangos de las hoces o en los sacos de yute, que conservaban la estructura teórica de un nudo atado y desatado miles de veces. Y qué decir de los zapatos y los pantalones usados.

Aquellas manchas raídas contenían la vida —y la manera de ganarse la vida— del abuelo al que apenas conocí y de la abuela a la que no llegué a conocer.

Cada objeto salvado en aquel granero guardaba una huella de cómo eran la vida y el paisaje que lo rodeaban.

Las herraduras oxidadas del mulo.

Las trampas de diferentes tamaños para zorros, ratas, conejos o jabalíes.

El harnero para el grano de trigo.

Una enciclopedia (*El libro de los porqués*), que sirvió quizá como un nuevo código ético para quien había perdido la fe.

El botijo con su bandejita para que bebieran de él las palomas (en tiempos de mejor convivencia).

El neumático roto de la rueda de un carro.

Las hoces pequeñas para trabajar la viña (la viña y sus preciosos hipónimos: cepa, grano, sarmiento).

La sierra doble, que cortó álamos y encinas un atardecer de verano.

Una radio que traía noticias del mundo exterior, de la guerra.

Los ganchos en los que acabó el cerdo de la cuadra.

Las redes y las varas para los olivos.

Un pasaporte de la República, símbolo del miedo y la libertad.

La gran hoz que trabajó un campo entero de trigo, con sus doradas olas que mece el viento.

Los sacos para las almendras.

Las cuerdas y sus nudos eternos.

El hacha que cortó ramas de olivo, almendro y cerezo.

Las cestas de mimbre, en otro tiempo llenas de patatas, espárragos, cerezas o alcachofas.

Era interminable.

Aquella mañana tenía ante mí la última oportunidad para intentar salvar la memoria de la casa, y la de sus habitantes, de la roña del olvido y la indiferencia que se había instalado en aquel granero. A eso había venido.

Antes del mediodía vendrían a vaciar el granero.

Supuse que, teniendo en cuenta la antinostalgia de la que siempre he adolecido —y que se ha vuelto más grave con el paso de los años— y el materialismo no-histórico propio de los gitanos que estaban a punto de llegar, poca cosa iba a salvarse de allí.

A ellos les interesaba toda esa materia que abarca el inconcreto concepto de *chatarra*. Lo que para mí —cuidado, puede contener trazas de nostalgia— significaba la memoria de aquella casa, era pura materia para ellos: hierro, madera, acero, cobre, plástico, cartón, cristal o chatarra.

Cuánto, para qué y cómo recordar; cuánto, para qué y cómo olvidar.

Cogí la gran lona de plástico azul y me dispuse a elegir y cubrir con ella las cosas que necesitaba para trabajar el olivar y los almendros: las dos redes, las varas, los rastrillos y la gran escalera de madera para subir a los árboles.

Escuché en la puerta el sonido de la aldaba, que era la metarrepresentación de un puño de hierro.

Llegaban antes de la hora.

Eran dos. Nos dirigimos directamente al granero.

Al ver a los dos hombres allí, me pareció que estaba aún más lleno. El mayor de ellos me dijo que iban a necesitar unos diez minutos para echar un ojo y calcular el valor de la chatarra que había. Ese era el trato: si había suficiente chatarra, lo vaciarían gratis. Si no llegaba al mínimo, tendría que pagarles.

El verano anterior ya había hecho los cálculos con un amigo. Por si acaso.

El más joven destapó y giró un cuadro que estaba apoyado en la pared. Yo lo conocía; estuvo en el comedor de la casa durante muchos años. Era un paisaje romántico y, a juzgar por la arquitectura de las casas y los tejados, un paisaje romántico alemán.

Una familia de agricultores, como la mía, vería en aquel cuadro un hermoso paisaje muy parecido al suyo; no repararía en que, tras los escarpados montes del horizonte, bien podría asomar el hombre de la levita negra de Friedrich.

Cada uno mira desde lo que conoce.

Al más joven de los gitanos no le dio para tanto la obra de arte, pero, aunque sospechaba que la pintura dorada del marco era tan figurativa como el cuadro, no pudo reprimir el gesto de comprobarlo rascando con la uña.

Les dije que los esperaba en la cocina.

Yo me puse a lo mío. Volví a recoger y guardar las cosas que había traído la víspera y me dispuse a poner en marcha el protocolo para abandonar tranquila la casa hasta el siguiente verano. Los escuché bajando las escaleras.

Que sí. Que podían vaciar el granero a cambio de la chatarra que había. Esta evidencia tampoco haría mella en mis prejuicios hacia su etnia y sus tópicos. Seguro.

Salieron a por la camioneta y a por más gente. Acabarían para el mediodía.

Los dejé solos. Decidí dar un paseo mientras tanto.

Me puse las zapatillas y salí hacia el paisaje.

Todavía hacía fresco.

La niebla era baja, sobre todo al lado del río. Aun así, aunque al sol le costaba perforar las nubes, empezaba a clarear. Pequeñas briznas de rocío resplandecían por todo el campo.

Desde una encina surgió una sincronizada bandada de vencejos que, al volver, parecía succionar el gran árbol, como si volaran para atrás.

Entre las zarzas, a la orilla del río, había una garza que debía llevar varios días y noches de dolor silencioso. Le costaba posar las patas por haber estado tanto tiempo tumbada. Los abonos venenosos de las multinacionales se están filtrando bajo la tierra, y el agua estancada del río está envenenada.

Aunque todavía no lo sabemos.

De vuelta al pueblo, me llamaron los chatarreros. Ya habían terminado e iban a cerrar la puerta sin llave.

Así, sin más. Sin *fade in* ni *fade out* en la conversación.

Cuando llegué a casa, subí directa al granero.

El tamaño del vacío es diez veces mayor que el de las cosas. Saqué una foto y se la mandé a mi hermano.

Tuve una sensación de alivio —ligeramente teñida de culpa— al observar todo ese vacío.

Me sentí liberada. Por fin había respondido a la llamada que años antes, una tarde de ciclogénesis saliendo del cine, había recibido aquel animal herido que era yo entonces.

Cerré con llave la puerta del garaje y, cuando me disponía a entrar en el coche, vi dos palomas entrar en nuestra casa por debajo del tejado.